Je suis le jour qui va naître.

我是即将来到的日子

我是即将来到的日子

Je suis
le jour
qui va naître.

熊培云——著

新星出版社
NEW STAR PRESS

目录

自序
留住了的似青山还在

许多人说文学死了，而我却在逃向它。两年前我重申自己对文学的态度：区别于评论对现实世界的修修补补，我希望能够另起炉灶，回归文学，在那里搭建我的意义世界，与现实世界平起平坐。

出版这个集子，完全是意料之外的事情。近两年我试着写了些诗歌。对比我日常计划中的写作，这无异于一场“文体私奔”。当然，我宁愿相信它是一次回归，我重新回到了文学的怀抱。

与此同时，我也发现中国社会正在发生着某种悄然的变化。至少在我周围，越来越多的人在谈论诗歌和写作诗歌。也许是在咀嚼了足够多的“信息的面包”之后，人们对“诗歌的玫瑰”有了乡愁。那个已然逝去的八十年代，在经历了九十年代以来的种种势利与粗鄙的放逐之后，好似要重新归来。

年少诗缘

没有人知道，若干天前我在南开听席慕容的讲座，只是因为念中学时读过她的一句“那渡船头上风里翻飞的裙裳”（《回首》）。语言多么神奇啊！短短几个字，总会让我想起坐船去县城中学读书时的情景，仿佛那些年我真的在渡口船头遇见过一位让我倾心的姑娘，并且在我的记忆里，她永远裙裾飘飘。

这次讲座让我印象最深的一句话是**“须知写诗和读诗乃生命之本能”**。这是叶嘉莹先生的原话。叶先生已至鲐背之年，当晚就坐在我边上。回想我自己并不漫长的岁月，我灵魂的成长和对文字的热爱，的确可以说是由诗而始。

我至今难以忘怀十几岁时读到李贺“我有迷魂招不得，雄鸡一声天下白。少年心事当拿云，谁念幽寒坐呜呃”时的激动之情。诗歌是我生命中的另一条线索，隐秘，却又非同凡响。正是从那里我走进了文字的世界，并且开始思考生命的意义。它曾经气势如虹，后来气若游丝，而今似乎要重新活过来了。我无法断言将来是否有更多的时间写作诗歌，但我相信我现在的这场“文体私奔”，是我人生不可或缺的部分。写诗之于作家，犹如爱欲之于生命，我期待我的生命会因之变得完整。如果说人生如诗，我希望我在诗里开始我的生命，也在诗里结束我的生命。年少时，我不曾想过要成为诗人，我只想成为诗。

早年生长在农村，由于教育条件有限，直到初中我才有了一点写作上的尝试。我的第一首古体诗是关于友情的。十二岁那年夏天，我去一位同学家玩。他的父亲是语文老师，家里有毛笔和批改作业用的红墨水。趁着大家去前屋吃饭的工夫，我信手在一张试卷纸上写了四行大字：

永世不分离，
万事能共勉。
他日凌云志，
再忆昔日情。

紧接着，我又将这首诗贴在了同学卧室的墙壁上。而这一贴就是十几年，直到这房子后来在移民建镇时被拆掉，我的这首“古诗”也真的作古了。在旁人看来，第一次做客就把一篇无韵的海誓山盟贴同学家墙壁上，着实有失礼节，但也算情之所至吧。如叶嘉莹先生所说，诗有时候就是从你内心走出来的。而我和这位同学，时已情同手足，至今保持了近三十年的情谊。

我读初中时还写过另一首古体诗，只记得其中一句：

长恨除夕无明月，
此时银光何皦皦。

那是在除夕晚上写的。当时刚下完雪，我从小学语文老师家中出来，只见村子里一片洁白光亮，于是想起曾经读过的一个破案故事。通过那个故事，我知道除夕晚上是不会有月光的。我写这首诗，算是开始以诗歌的形式表达生活中的浅显道理。对于一个还算有点天分的乡下孩子来说，教育条件差并非全然坏事，至少他不必做太多无趣的作业，可以有大把时间用于东张西望和胡思乱想。

整个中学时代，我真正拥有并认真读完的课外书只有几本诗集，而且，那也是高中以后的事情了。十五岁那年，我独自背着一本由作文本装订而成的诗集去《九江日报》社投稿。那次最大的收获是在书店里买到了一本《诺贝尔文学奖金获奖诗人作品选》。借着这本诗集，我幸运地知道了泰戈尔、普吕多姆、海顿斯坦、叶芝、黑塞、米斯特拉尔、聂鲁达等诗人。其中有些作品，如海顿斯坦的《我的生命》，我至今仍可以背诵：

继续悄悄地走下去吧，我的生命！
我不愿把你摆进橱窗展览，
让你碌碌无为地浪费宝贵时光。
我从不说：“来呀，快来握握这位大师的手，
是它引得如此神奇美丽的花儿怒放！”

当我被可信的朋友背弃，
当厄运落到我的头上，
我没有端起盛满泪水的银杯，
对过往的行人诉说：
“啊，请搂住我的脖子，哭吧，
可怜可怜我，让我们一起痛哭一场！”

啊，在你广袤无边的天地里，
我最大的不幸不过是一小片阴云，
我要默默无声地走向我的墓地。

最初读到这首诗，我既已隐约觉察自己的灵魂在拔节生长，又像是隔世遇见了一位故人。那一年，我还用水彩画过泰戈尔的肖像，把它挂在老屋的阁楼上。至于泰戈尔的那首“让我的爱，像阳光一样，包围着你，又给你光辉灿烂的自由”，算是我最早读到的关乎真爱与自由的文字吧。那几年我十分迷恋泰戈尔，刚上大学时，我还用钢笔在日记本里画过他的肖像。

此外就是《雪莱抒情诗选》。雪莱是我生命中真正的贵人。高中那段时间，我曾经想着将“COR CORDIUM”（众心之心）纹在自己的胸口。雪莱死后，他的好友、诗人拜伦等将这几个字刻在了罗马新教徒公墓他的墓碑上。雪莱为世界所知，多是

十八岁，我在日记本里画泰戈尔

因为他的《西风颂》。我常说我在写作上追求“通情达理”，也就是说在感性和理性上都要有所追求，这方面雪莱也是功不可没的。我曾在《在书里遇见灵魂》[①]一文中记录了自己初读杨熙龄译后记时的喜悦。

> 在“冰冷的炉边”度过童年，却有着一颗热烈地泛爱大众的大心；在平庸的人们中间生长，却从大自然汲取了百灵光怪的幻想；受尽自私的人们的折磨，而厌恶自私，把自私弃绝，保持着灵魂泉源的澄澈；怀着温柔的同情，又时时忿激的抗争；思索着人间种种相，驰骋在自然科学、哲学、政治学的领域上，探索人类的前途，以普罗米修斯式的坚贞，忠于人类，以幽婉的小曲安慰自己在人世遭到的失败，以嘹亮的号角声宣告人类新春的将到……（杨熙龄）

当时我就在想：啊，这不正是我所经历的童年吗？这不正是我所向往的人生吗？雪莱以及其他许多诗人的诗歌让我开始触及生命与灵魂，触及人性中不曾看见的高贵的存在，有了歌德所说的那种“高尚的烦恼”。

说到雪莱，我想在此补充的是，他的非暴力抵抗的思想被许多人忽略了。今天，我们说非暴力思想或者“公民不服从”

---

①熊培云：《这个社会会好吗》，广西师范大学出版社，2013年，第297页。

雪莱静悄悄地躺在这里。年轻的时候，我没来得及将“COR CORDIUM”刻在自己身上，却刻在了心里

思想，可以从马丁·路德·金、甘地上接到艾莉斯·保尔、托尔斯泰，直至梭罗。事实上，在梭罗之前，雪莱在他的诗歌《无政府主义的化妆游行》（the Masque of Anarchy）中明确提出了“非暴力抵抗”（nonviolent resistance）的原则。在诗中，雪莱对他的民众说：任凭暴君欺凌，任凭骑士的弯刀飞舞如“失去了天空的星星”（sphereless stars）般扑面而来，也不要畏惧他们，因为你们寂静地站立，坚定如森林。当然，雪莱在这里所坚持的并非放弃抵抗，任人宰割，完成所谓“what they like， that let them do”（他们想做什么，就让他们做），而是相信英格兰觉醒的人们，有着暴君不可抵挡的道德和舆论力量。当行凶者怒气渐消，当这块土地上的每个女人只要其站立就指点他们，他们也会羞愧到无地自容。雪莱相信世界有公理和道义，而且公理和道义必将胜出，因为“You are many， they are few”（你们茫茫一片，他们少得可怜）。也正是因为这种“非暴力抵抗”的精神，圣雄甘地一次次在他的演说中提到雪莱的这首诗。

人的成长得益于家庭、社会和他可能接触到的书籍。我虽然生在穷乡僻壤，但还是受到了来自世界文明之光的照耀，并且在少不更事的年纪长出了点济世的情怀。前面提到我去《九江日报》社投稿，记得当时接待我的是一位中年编辑。大概是因为我说了些忧国忧民的话，加上我带去的伤感的文字，在送我出编辑部时，这位编辑和他的同行感慨："现在的年轻人啊，比我们这代人还要忧郁。"起初我不是太理解这句话，不过后来想想也不是没有道理。所谓自我乃忧郁之母。二十世纪七十年代出生的人，相较于父辈，心里装了更多属于自己的东西。

我在中学时代的这点诗歌缘，无疑得益于八十年代的诗歌热。那时中国各地的学校，成立最多的社团就是诗社。有诗人不无夸张地回忆，当年在城里坐公交车如果没带钱，只要大喊一声"我是诗人"就可以免票。不少狂热的诗人，甚至像此前的红卫兵一样去各地串联。二者不同的是，红卫兵试图颠覆的是现实世界，而诗人们试图重构的是意义世界，他们构建自己的想象王国而不必摧毁现实世界。在此意义上，我相信：因为拥有自己内在的世界，诗人本质上是温和的。

八十年代不愧是一个理性和心灵的花朵并蒂绽放的年代[①]。至于当年的《九江日报》，因为刊登了大量当地文学爱好者的诗歌和散文，同样让我受益匪浅。我曾经为这份报纸做了一本厚厚的诗歌剪报，并且保留至今。让我耿耿于怀的是，我中学时写的一些新诗，由于没有随我进城，最后都烂在了老家的茅坑里。唯一熟记的只有一首旧体诗：

---

①见附录《1980，在路上的美好年代》

高山一曲秋风颂，

世间英物寂寞云。

这是其中一句，那年我十六岁。它是我内心的声音，永远伴我飘泊，永远挥之不去。

德国哲学家阿多诺说过，“奥斯维辛之后，写诗是野蛮的”，对此我并不完全认同。与此相反，我更想追问的是：在苦难之后，人们有什么理由遗忘诗歌？相较于八十年代，我所经历的九十年代几乎乏善可陈。大多数人对于诗歌的热情在八十年代末的那个拐角渐渐消失了。而我的大学生活，虽说“光荣孤立”，却也一事无成。那时候我游游荡荡，抽烟、喝酒，时而在拆开的烟盒纸上写一首古体诗，生活几乎没有快乐可言。有时候我甚至怀疑，是不是我笔下忧郁的文字，彻底毁了我的人生。

那是一个忧郁的年代，我患上了轻度忧郁症。大二的时候，我曾带着自己的几首古体诗去找历史学家刘泽华先生聊天。那是我第一次进学者的书房，当时他还住在南开大学北村。刘先生后来经常向别人推荐我，最早是因为他喜欢我的一首诗：

我为天园殉此心，夜蓝酒醒梦白云。

欲将血泪寄旧友，飘洒桦林作雨声。

类似忧郁的诗歌，虽然没有让我的生活变得美好，却也帮我结下了些人缘。我与刘先生的友情，就是从那时候开始的。只是时至今日，我并不太愿意翻开当年的那些文字，那些“黑暗的赤诚”。大学时我曾经写过一篇不短的小说，活生生把主人公给写没了——可惜我又不能像柯艾略[①] 写《维罗妮卡决定去死》时那样深刻。每当想起那些诗文，我总觉得有个灰暗的烟囱正在伸进我的大脑。当年之我，整日无所事事，精神上却像个“殉道者”。好在生活不知道在什么地方拐了个弯，成就了意气风发之今我。然而，对于过去的我，正如我在《你是你的沧海一粟》中所要表达的——今日之我不能回到过去，为过去之我指一条通往幸福的道路。

回想那段写诗的日子，我庆幸自己始终未忘记对父母亲朋的责任心，未被种种野蛮的悲伤所摧毁。人生如此艰辛，很多时候我们能逢凶化吉，多半是因为对他人肩负着某种责任。正是责任的缆绳把我们从绝望的深海里拖回岸上。责任心真是个好东西，我们的人生尚有些希望，多是拜其所赐。因为有了对他人的责任心，我们的人生也因此多了一种自救的维度。

事实上，从很早开始，我就已经意识到我的家人是我生命中的弱者，我必须尽心照顾他们，必须尽力好好活着。而这一切，

---

①保罗·柯艾略（Paulo Coelho，1947–），巴西作家。

与我写不写诗都没有关系。所以有时候我不得不承认，命运就是你的周遭。而你的人生，就是你所担负的一切，并为这一切所塑造。我在中学毕业时因家庭的变故放下锄头告别了农村，又在大学毕业时放下诗歌告别了八十年代，多半是为了担起他人的责任。至于我将来会不会写诗，能否担起自己理想中的人生责任，只能留到将来去想。

现在一切都明朗了。我是八十年代的幸存者，我知道读诗和写诗乃生命之本能。**二十年前，我扔下了锄头和诗歌进城，一去不返。我庆幸自己先找回了诗歌，我还要找回我的锄头。**我希望能够通过我的文字找到我的未来，也通过我的文字找到我的过去。我是即将来到的日子，也是已然沉睡的过往。

诗与罪行

年轻的时候，没有留下一篇自己满意的作品，我只是一脚跨在诗歌的门槛上，转身便走了。直到有一天，我猛然发现自己的书架上没有新添一部诗集，我开始惊讶于自己生活的粗糙。我是怎样忍受了生活中没有诗歌的十几年？我究竟过着一种怎样糟糕的生活？事实上，尤其是进入九十年代中期以后，不只是我渐渐远离了诗歌，此时的诗歌也已是四面楚歌。曾经活跃的诗人，有的去了海外，有的进了监狱，有的改弦更张，有的走向灭亡。种种不祥的征兆像是电影《死亡诗社》的结局。在诗歌没落之前，最轰动一时的是两位极具才华的诗人相继死去。一九八九年海子在北京自杀，四年后，顾城在新西兰的激流岛杀妻之后自杀。

海子与顾城的死，为九十年代诗歌之死写下了阴郁、沉重的注脚。再后来的情形，年轻读者亦不陌生。九十年代以后的中国，功利主义和消费主义盛行，人们远离了心灵生活。八十年代的海子曾经在《遥远的路程》中眺望远方——“我的灯和酒坛上落满灰尘，而遥远的路程上却干干净净。”十几年后，北岛却在《波兰来客》中伤感地怀念起九十年代以前的生活——

> 那时我们有梦，关于文学，关于爱情，关于穿越世界的旅行。如今我们深夜饮酒，杯子碰到一起，都是梦破碎的声音。

伴随着网络文本的兴起，与诗歌一起被送上手术台和被告席的还有广义的文学。昔日的诗人甚至开始宣告诗歌已死或文学已死。大众文化里，“文学青年”这个曾经让少男少女眼前一亮的词汇，渐渐被缩略为“文青”，沦为贬义——如今谁还会像八十年代一样在征婚启事上标明“热爱文学”呢？与此同时，一些研究政治思想史的学者、知识分子不约而同地将二十世纪这场失意的革命的源头指向文学。他们认为五四以来中国思想界染上了“文学病”——几乎所有的思想家不是文学家本身，就是文学家出身，而这百年病症需要新兴的社会科学家群体方可医治。

我承认，最初读到类似观点时有一种豁然开朗的感觉，但也很快起了疑心。如果说“文学病”的症状是感性压倒了理性，又怎么解释乔治·奥威尔的文学作品《一九八四》、《动物庄园》所具有的历史洞见？同样是诗人出身的弥尔顿又怎么能写出石破天惊的《论出版自由》？而大律师罗伯斯庇尔又为何没能带领好法国人，让革命吃掉了自己的儿女？如果文学必须为一代人的愚蠢担责，文学岂不成了替罪羊？

更别说诗人中还有徐志摩，其对苏联模式的洞察，深度不在乔治·奥威尔之下。二十世纪二十年代，当胡适甚至都一度开始赞美苏联，认为那是一种政治试验时，徐志摩却在1925年苏联的旅行中看到了让他毛骨悚然的黑暗：

> 这里没有光荣的古迹，有的是血污的近迹；这里没有繁华的幻景，有的是斑驳的寺院；这里没有和暖的阳光，有的是泥泞的市街；这里没有人道的喜色，有的是伟大的恐怖和黑暗，惨酷，虚无的暗示。暗森森的雀山，你站着；半冻的莫斯科河，你流着。在前往二十世纪的漫游中，莫

斯科是领路的南针；在未来文明变化的经程中，莫斯科是时代的象征。古罗马的牌坊是在残阙的简页中，是在破碎的乱石间；未来莫斯科的牌坊是在文明的骸骨间，是在人类鲜艳的血肉间。莫斯科，集中你那伟大的破坏的天才，一手拿着火种，一手拿着杀人的刀，趁早完成你的工作，好叫千百年后奴性的人类的子孙，多多的来，不断的来，像他们现在去罗马一样，到这暗森森的雀山的边沿，朝拜你的牌坊，纪念你的劳工，讴歌你的不朽！①

有时候我简直是一个宿命论者——例如，我觉得这世界的罪孽实在太深了，支节的改变，是要不到的，人们不根本悔悟的时候，不免遭大劫，但执行大劫的使者，不是安琪儿，也不是魔鬼，还是人类自己。莫斯科就仿佛负有那样的使命。他们相信天堂是有的，可以实现的，但在现世界与天堂之间却隔着一座海，一座血污海，人类泅得过这血海，才能登彼岸，他们决定先实现那血海。②

徐志摩是感性的，同时也是理性的。在他那里，感性与理性是互相救济的，他不会因为理论的说教而丢掉对现实的敏感，不会用理性驱逐心灵。借用他的话，诗从来就没有犯下罪行，“不

①《徐志摩全集》第三卷，中央编译出版社，2014 年，第 216 页。
②《徐志摩全集》第三卷，中央编译出版社，2014 年，第 238 页。

是安琪儿，也不是魔鬼”，真正犯下罪行的是人类自己。

在《欧游漫录——西伯利亚游记》里，徐志摩看到了苏联人的个人自由将被缩减到零度以下，由此看到了输入革命的可怕。在那里，托尔斯泰的书被化成了纸浆，改印列宁的文集；陀思妥耶夫斯基的女儿差点饿死。在如何看待苏联的问题上，徐志摩收回了自己对罗素的批评，意识到“俄国的文化是荡尽了，现在就靠流在外国的一群人，诗人，美术家等等，勉力来代表斯拉夫的精神”。[①]徐志摩自况是一个“一肩行李，两袖清风”的书生，而且也不是国家主义者，但他坚持认为同时代的中国人以借来的方法实现借来的理想，是一种“可耻的堕落”——“假如革中国命的是孙中山，你们要小心了，不要让外国来的野鬼钻进了中山先生的棺材里去！”[②]

此前，说到中国的古典诗词，我曾经有过一个念头——如果唐宋时期的诗人、词人能够多写些所谓“理性、建设性”的文章，而不只是抚着青楼的栏杆抒发离情别绪，中国的政治史会不会好看些？当时有此想法，也是感叹中国文化积累中的“感性有余而理性不足”。可仔细一想这又何尝不是在“抒发情绪”？历史走到哪一步，自有其内在的逻辑，岂是几位

① 《徐志摩全集》第三卷，中央编译出版社，2014年，第217页。
② 《徐志摩全集》第三卷，中央编译出版社，2014年，第240页。

诗人、词人所能左右？王权主义奉行愚民政策，时常判决被强奸者有罪，还谈什么“诗人误国”，实则是“国误诗人久矣”。更不要说，诗人抒发情感，也是人性所需。《诗经》之所以能够穿透历史，流传至今，自是因为那些古诗融汇了人类共有之情感。

你不能因为有人写告密信，就论定书信是罪魁祸首，而忽略那个告密者以及给他打赏的人。同样是诗歌，两个人写出来效果不一样，一个人在不同的时代的表现也不一样。试想，1921年写《天上的街市》的郭沫若和三十年后写《我向你高呼万岁》[①]给斯大林祝寿的郭沫若，还是同一个人吗？不明事理的人给文学注入迷魂汤，明白事理的人给文学注入理性精神。这一切与文学在本质上是否理性并无必然联系。

至于海子与顾城之死，只要就事论事也不难理解，无论两位诗人自杀还是杀人，和诗歌并无必然联系。毕竟，在无数写诗的人里，这些都只是小概率事件。更何况，哪个行业找不出类似的小概率事件呢？

文学归根到底是人学，是人首先病了，才反映在文学上，而不是相反。在此基础上，尽管我承认二十世纪的中国文学没有担起理性和心灵的责任，但我相信这不是文学的问题，而是

①原载《观察》1949年12月16日，第六卷，第四期，第6页。

人的问题。如果文学有问题，那也只是结果，而不是原因。

熟悉现当代文学思潮的人知道，二十世纪中国也曾有过自由文学的风潮，胡适一代人的文学改良，即从拒绝“文以载道”开始，关注文学的自由与人的自由。既然文学是人学，文学的自由自然直接关系到人的自由。如自由文学一脉所主张，“文学与艺术，至死也是自由的，民主的”，“将艺术堕落到一种政治的留声机，那是艺术的叛徒”（胡秋原）。文学“永久的、绝对的任务”是表现生活、创造生活、认识生活，反对按“极精细的政治观点规定的”指导大纲来写作（苏汶）。当文学背离了人，开始受制于某一风潮、学说、主义的摆布，文学便已经远离了自由，名存而实亡。在此基础上，声称“文学祸国”，无异于对文学进行二次迫害。

如果承认文学是人学，承认其价值在于对人的命运的普遍关照和思考，那么，文学就不应沦为“匕首和投枪”。文学的阶级性和党派性，一方面使文学变成了“致命的武器”，另一方面又使文学变成了柔软的化妆术。

真正的诗歌“发乎心”，是从内心走出来的，而非政治施压或施肥的产物。二十世纪五十年代，中国曾经出现过“诗歌大跃进”。据说我老家江西省参加写作的有两百万人以上，写出四百多万首诗。人们用诗来歌颂高产卫星、大食堂、军事化。这表面上的“诗歌大跃进”，实则为“诗歌大跃退”。

如上所述，在青春期艰难困苦的那段时光里，我曾经遇到了诗歌，并且写下了愁肠百结的句子，让我至今不愿重读。但我并不敢说是诗歌毁坏了我的生活，毕竟，那个年代的痛苦、寂寞是真实存在的。对我而言，这些诗歌更像一个时空隧道，让我能够看到当年的自己。也是相同的缘故，我可以借着这个隧道和维度，走进文明的现场，了解更多的历史与心灵。而这一切对于增进我的理性与情感也是大有裨益的。

譬如我对历史课本以外的汪精卫的了解便是从他的诗词开始的。今天我们无法回到历史现场看个究竟，但《双照楼诗词稿》的确为世人呈现了一个有血有肉的汪精卫。且不说流传甚广的“慷慨歌燕市，从容做楚囚。引刀成一快，不负少年头”，我读中学时，有朋友临别赠言，给我写的便是汪精卫的另一首诗：

十年相约共灯光，
一夜西风雁断行。
片语临歧君记取，
愿将肝胆压柔肠。

与原诗不同的是，他将最后一句改成了“愿将肝胆换衷肠”。当时觉得情真意切，感动不已，后来才知道朋友是借了汪精卫的文采。

在主流价值的灌输和压力下，没有谁对汪精卫的重新评价不小心翼翼。这包括我在《一个村庄里的中国》中谈到两位民国县长“一个保社会，一个保国家”时的谨慎态度。但为什么胡适、叶嘉莹对汪精卫另有疼痛和评价，而不是简单地给他戴上一顶“汉奸”的帽子？汪精卫死后，胡适在日记里写道：“精卫一生吃亏在他以‘烈士’出身，故终身不免行有‘烈士’的complex（情结）。”而叶嘉莹也在她的演讲中提到汪精卫有“精卫情结”，并以《见人析车轮为薪作此歌》一诗为证，称汪精卫以“劳薪”[①]自许，宁可把自己烧了，蒸出一锅饭来给大家吃。这个观点倒是呼应了当年汪精卫愿意“以身饲虎”的说法，虽然目前并不为主流人群所接受。

我引证汪精卫的这些旧诗，只想说明一个问题：诗词为我们更好地理解这个世界提供了一些可能的线索，它在一定程度上重申了我们生存的意义，道出了一些隐秘的内情，尽管有时候显得矛盾重重。

①旧时木轮车的车脚吃力最大，使用数年后，析以为烧柴，故为劳薪。

诗与思

关于“诗之罪行”，我在课堂上和学生们有过一些讨论。有天我给学生们看了一首我写的诗，让他们分析它是感性的还是理性的。他们的回答没有让我失望。至少他们会说：老师，在诗歌里，感性与理性没有那么对立吧？

是啊，可为什么诗歌却给了世人这种印象，认为它只是感性的容器，只能盛放欢笑和泪水？事实上，远在西方，诗与思的争辩差不多贯穿了整个思想史。在古希腊，甚至发生了苏格拉底、柏拉图关于是否应该驱逐诗人的大讨论。

在苏格拉底那里，诗歌是想象与神话的世界，在一定程度上说是远古荒诞的世界，与他想要追求的热爱真理的世界格格不入。他认为诗歌不仅制造影像、充斥谎言，使假象伪装成了真实，而且因为纵容贪婪和爱欲，也有了道德或政治上的缺陷。柏拉图似乎完全接受了这些观点，认为饱含感情的诗歌是危险的，荷马以及那些希腊大戏剧家要被永远赶出城邦，流放到外地。读者不难发现，这其实是另一版本的“罢黜百家”，只不过它所独尊的是理性。柏拉图的“哲人王”思想与此一脉相承。理性被推上神坛，无所不能，其他多为妖孽。

柏拉图虽然继承了他的老师苏格拉底的观点，却没有得到他的学生亚里士多德的认同。在《诗学》中，亚里士多德认为诗有诗的真实，这种艺术真实反而有益于揭示普遍的真理。而且，诗还可以建设城邦正义与秩序，塑造公民的灵魂。亚里士多德再次表达了他爱老师但更爱真理的态度，客观上也说明了诗与思之辩的复杂性。诗与思的争辩在后世延续，包括我在前面提到的对“文学病”的声讨。

苏格拉底、柏拉图为何要驱逐诗人？这一激烈态度与其说是源于他们的某种极权主义倾向，不如说是源于某种“理想的焦虑”。为了打破诗歌、绘画、戏剧等“模仿艺术”的垄断地位，他们一心希望哲学能够后来居上，使其所代表的理性主义在希腊被广为接受。也正是在这种焦虑的推动下，到了十八、十九世纪，随着科学技术的发展，对理性的重视逐渐上升为对人的无限理性的盲目崇拜，政治也因此变成可以拿人做实验的科学，政治正确变成了理性生产线上唯一合格的真理。到了极端的革命的年代，诗歌真的被彻底驱逐，取而代之的是各种掏空了灵魂的标语口号。

具体到中国，通常我们很难将“八个样板戏”同以追求真理为一生理想的苏格拉底画上等号。但那个年代将艺术归为“真理部”下属部门的做法，与苏格拉底当年推崇理性而驱逐诗歌的主张何等神似。

苏格拉底的担心在其追随者身上应验了，弄权者运用其政治理性时，将生产真理变得像谱写诗歌一样随心所欲。至于柏拉图试图构建的理想国，和近几百年间许多空想家提出的各种乌托邦设想，又何尝不是对现实世界的拙劣“模仿”或“想象”？

回到前面我与学生们讨论的问题。诗歌并不绝然属于理性或感性。一方面，我认为有些理性的东西，或许更适合通过诗歌来表达。我持这一观点，和我对语言的理解有关。我们所用的语言，表面上看精确，其实处处是模糊的陷阱。这并不是说我相信“含混的世界”只能用“含混的语言”来表达，而是说诗歌的语言和它所具有的开放性会为我们的表达留有余地。

就文体而论，我也不认为论文就更理性些。今世许多见诸媒介显要位置的长篇大论，气势汹汹，颠倒是非，何尝有真正的理性可言？文言文固然在一定程度上限制了旧时中国人的表达，但不还留下了《盐铁论》[①] 这样精彩的庭辩记录吗？思想不自由的时代，当写诗变成文字游戏，它便不再属于思想文化的范畴了。前文提到“诗歌大跃进”，诸如“肥猪赛大象，只是鼻子短。全村宰一头，足够吃半年”之类的诗歌，只能算是文字马戏了吧。

退一步说，即使是一首仅限于抒情的诗，只要它具有抵达人心的美，就能唤醒人们沉睡的理性。这在我看电影《窃听风暴》时深有体会。极端的年代，掌权者通过暴力和“新词”

---

①《盐铁论》是西汉桓宽根据著名的“盐铁会议”记录撰写的重要史书，记述了汉武帝时期贤良文学派和桑弘羊之间的一场大辩论。

推销真理和幸福。然而，击中内心的诗歌和音乐，会激起人们对爱和美的回忆与向往。一旦抵达内心，谎言织起的真理大厦顷刻间变得弱不禁风。所以我坚持认为，文艺的真正价值不在于为社会进步提供解决方案，而在于对人性之美的坚定扶持。

记得年少时在乡间上学，在秋冬的早晨，看着凝结在路边的白霜，总会在心里吟诵温庭筠的“鸡声茅店月，人迹板桥霜”。因为这两句诗，即使是那样孤独的清晨，也会觉得自己是走在一首始自远古的诗里，且有诗人同行，觉得自己所受的辛苦都是值得的。

一个有趣的现象是，即使是在以理性著称的德国，哲学家们往往具有诗人的气质，如叔本华、尼采、海德格尔。事实上，尽管柏拉图像苏格拉底一样批评荷马，但他似乎更像是荷马的同路人。柏拉图没有放弃文学的语言而采用“真理的语言”，他写作的对话录甚至被人归类为广义上的诗。尼采在《悲剧的诞生》里赞美柏拉图的对话犹如一叶扁舟，从苏格拉底那里拯救了“遇难的古老诗歌和她所有的孩子”。而雪莱在《为诗辩护》中直截了当地断定柏拉图就是一个诗人。况且，诗与哲学本来就密不可分，像莎士比亚、但丁、弥尔顿本身也是了不起的哲学家。

我读赵越胜的《燃灯者》，印象最深的是书中提到哲学家周辅成对天才的分类：一等天才献身文学，把哲学也讲透了，像莎士比亚、歌德、席勒；二等天才直接搞哲学，像康德、黑格尔，年轻时也作诗，做不成了就回到概念里；三等天才就只能写写小说了。文学之所以被哲学家抬到如此高度，恐怕还是因为文学涵盖了一切人学。无论是理性还是情感，凡人所有的，皆可在文学中找到。很多时候，诗歌被理解为逃脱了语法的阴谋诡计，逻辑也在此缺席，是一种直抵人心的艺术。事实上不仅如此，诗歌还能由心抵达智。[①]

如果读者对此仍然心有疑虑，不妨再看看法国诗人雅克·普列维尔[②]的《公园里》：

一千年一万年
也难以诉说尽
这瞬间的永恒
你吻了我
我吻了你
在冬日，朦胧的清晨
清晨在蒙苏利公园
公园在巴黎

①《R. S. 托马斯晚年诗选，1988-2000》，重庆大学出版社，2014年，第568页。
②雅克·普列维尔（Jacques Prévert，1900-1977），法国当代最受欢迎的诗人之一。

巴黎是地上一座城

地球是天上一颗星（高行健译）

在我看来，这首诗所表达的关于存在的内涵，并不亚于一篇严谨的哲学论文。而且，它是那么宽阔，那么柔软，那么美。

诗与私

在1993年初的大学日记里，我摘抄了《约翰·克利斯朵夫》中的许多话。其中一句来自易卜生。大意是说**一个人不能只是保有才气，还要保有那些让他的人生充实且富有意义的热情和痛苦。**我想，诗歌与文学的价值，就在于此吧。它给了我一片宽阔的土地，收藏热情与痛苦的种子，并为我生长出意义的森林。

在诗与思的辩难中，我看到的最有力的文字来自同样“富有热情与痛苦”的雪莱。1821年，雪莱在《为诗辩护》中写到，推理与想象是人类的两种活动，自有人类即有诗。而语言最初的发明，本身就是诗。在他看来，广义的诗人是具有审美能力的人。诗人的隐喻式表达，思想的片断，层出不穷的联想，这些虽然不能绘出人类思想的全景，却有助于表现人类崇高的目的，领会世间的真善美。“诗掀开了帐幔，显露出世间隐藏的美，使得平凡的事物也仿佛是不平凡；诗再现它所表现的一切。”自古以来，当科学攻城略地不断扩大我们生活的疆土时，诗歌已经借着想象，为人类创造了一个宇宙。所以，雪莱赞美诗人“是世间未经公认的立法者”。

我常常为英年早逝的雪莱的生命感动不已，虽然我至今没能参透人为什么会来到这个世界上。大多数时候，我觉得人生是荒谬而无望的。但也正是这种荒谬而无望，给了我们赋予自己人生意义的可能。一个人活得好与坏，很大程度上取决于他自我赋予意义的能力。我们需要找到并拥有自己所热爱的东西，借此击碎现实的荒谬。正如辛波斯卡所说：**“我偏爱写诗的荒谬，胜过不写诗的荒谬。”**

既然诗歌与个人寻找生活的意义有关，一定程度上属于私域范畴，那么，自古希腊以来的这场诗与思的争辩就显得荒谬无比，驱逐诗人更是无从谈起。诗歌不同于社论，虽然人们也会将它拿出来发表，但是它所具有的私人属性也是不容忽略的。有些诗歌，读者看不懂，作者自己或许也不全懂，但是无关紧要。世界在模糊中运转，他需要的可能只是获得一种审美上的存在感，至于交流，以及什么是美，都在其次了。

这不表示我鼓励诗人都去自说自话，固步自封。既然文学首先是人学，既然诗关系到人的自我塑造，那么，诗歌也因此具有了某种公共性。需要强调的是，无论是私有性，还是公共性，诗的价值都在于意义的赋予和美的呈现。这也意味着在公共领域和私人领域之外，还交织着一个文学搭建起来的意义领域，安放写作者的灵魂。

我时常提起，尽管我读过些理论书，也写过些评论，但**真正让我终生受益、恩泽灵魂的还是文学**。究其原因，就在于文学所构建的意义世界，为我塑造了一颗超拔现实的灵魂。我虽然不曾信仰某一个具体的宗教，但在我看来，诸如《圣经》在内的许多宗教经典，其所用的语言也都是文学的语言。文学的价值，不在于拯救这个世界，而在于你可以借着好的作品丰富你的内心，保持你意义世界的完整。这是一个不容侵犯的私人领地，即使世界崩溃，你的意义维度还在。人有追求意义的激情，也有逃避意义的激情，但人终归生活在意义的世界里。**如果你已经找到了自己的天命和意义，剩下的最重要的事情，不是你要改变世界，而是不要让世界改变你**。这一点，在我读席勒的《我的信仰》时体会尤深。

> **我信什么教？你举出的宗教，我一概**
> **不信。——为什么全不信？——因为我有信仰。**

关于信仰，托尔斯泰在《战争与和平》里的话同样耐人寻味——“假使每个人都只为他自己的信念去打仗，就没有战争了。”

存在之诗

生活有许多巧合，思考也是。就像我中学时写诗，将睫毛比作栅栏，后来在诗刊上也看到了相同的比喻。我不是在阅读了哲学书籍后才接受有关存在的哲学的，它更多源于我日常的思考。这种巧合让我欣喜，也让我失落。欣喜的是我可以在思考的路上走很远，失落的是别人已经走在前面，比如加缪，好像也没有我什么事了。当然，就思考人的本质而言，这都是些不值一提的小事。我承认人生是荒谬的，但另一方面我也承认人内在的神性，承认意义女神对每一个生命的影响。

上帝从来没有眷顾我
我也没有投靠上帝
我只是人类的孩子
无家可归的浪子
如果一定要有彼岸
就带上我的意义女神
去彼岸流浪

——《意义女神》

意义女神是我杜撰的概念。我们无一例外地生活在一个意义的世界里。**除了物质，剩下的都是意义。**

海德格尔说，人活在自己的语言之中，语言是存在的家园。我很庆幸我能够使用语言构建我的存在。当然，这一点也不敢深想。当我们寄托于语言而存在时，也意味着我们是以一种编码的方式存在。问题是，如果没有他人的解码，我们会不会像无人知晓的死去的语言，从此失去了存在的意义？在此绝望之境，我们只能反求诸己，要“自己懂得自己”。无论世界怎样看你，你首先要承认并接受自己之存在。你是世界的开始，也是世界的末端。

你是你的宇宙，最古老的王者
你感受，生命从此有了时间
你思想，大地从此万物奔流
你归于寂静，世界再无消息

——《存在》

这个小集子辑录了我的一些零星思考。我没有像特朗斯特罗姆[①] 那样沉迷于意象的构建，也没有像其他一些诗人那样毫无节制地抒情。我所涉及的对生命、爱欲、媒介、美和正义等

①特朗斯特罗姆（Thomas Transtromer，1931- ），瑞典诗人，2011 年获诺贝尔文学奖。

方面的思考，大多都与存在和意义有关。我甚至有些迷恋于对人的际遇的思考。所以，我更愿意将它们归类于存在之诗。而我需要完成的恰恰是存在之思。我这样说，似乎是要终结前面提到的诗与思的争辩了。无论这话是否妥当，有一点是确定的，我试图借着这些文字丰富我的生命，拓展我对人性的思考，表达我对人类存在之困的某种忧虑。比如大众传媒对人的塑造，当全世界每天都在关注同一场灾难的时候，我看到的是另一场灾难，即世界正在失去它的丰富性。

人性是个奇妙的东西。古往今来，我们以各种方式揭示人性的幽暗与光亮。我看过的最耐人寻味的思考来自黎巴嫩诗人纪伯伦的一篇短章。大意是说一个人摸黑去偷了个瓜，回来一看，瓜是生的。于是他感到很后悔，开始忏悔自己怎么能干偷瓜这样罪恶的事情。

我很遗憾自己没有写出类似有趣而深刻的东西。在偷瓜与忏悔之间，我们窥见到人性的幽暗和光亮。但人性的这个转折，却是那么意味深长。为什么偷瓜者是在发现瓜是生的之后才忏悔呢？为什么退位的官员比在位的官员显得有良心呢？假如那个瓜是熟的，偷瓜贼是会忏悔，还是会将它吃掉后赶紧再多偷几个？

等到文学只能挤货运车厢的那一天，这个世界也就完蛋了

归来

马尔克斯在《百年孤独》里写到："等到人类坐一等车厢而文学只能挤货运车厢的那一天，这个世界也就完蛋了。"[①] 我是从意义的角度来理解并接受这句话的。我相信上帝的语言是文学的语言，相信上帝不是真理，只是意义。而文学的价值就在于生产和捍卫意义。

我的世界还不算太糟糕，至少到目前为止我还没有远离文学，甚至还在努力回到文学。近几年，由于经常去各地做讲座，我养成了一个好习惯，那就是在飞机上写一首诗。这多少有点像是行为艺术。我应该感谢上苍，同时感谢自己有这样一个念头，能够在天上写一首诗，当我重新回到大地，大地上多了一首诗。

我至今依旧认为，寻找一种适合我的表达方式，是一件比拓展我的言论自由更严肃的事情。我重新拾起诗歌，并非想当诗人，而且我也深知诗歌在表达上的局限性。我宁愿将这种回归视为我对自我表达的完整性的一次补充，而非替代。无论是思辨、抒情还是嘲讽，我试图借助诗歌文本所具有的开放性及内在张力，申明我的存在和我关于这个世界的感悟。

---

①马尔克斯：《百年孤独》，南海出版公司，2013年，第345页。

这个世界很奇妙，有些曾经淹没的东西，会慢慢回来。尤其最近几年，我明显感觉到了诗歌的回归。一切就像胡适在1938年的忆旧诗里所写的那样——“毁灭了的似绿水长流，留住了的似青山还在。”[①] 而透过我写在前面的一些关于诗歌的回忆与思考，**我忽然发现，其实诗歌从来没有离开这片土地，正如星星没有离开天空。**

没有谁可以改变过去，所有的回望都是为了寻找失去的未来。就在我着手写这篇长序时，我特别抽空去电影院看了张艺谋的《归来》。我很高兴地看到，近两年中国出了几部好电影，包括此前被严重低估的电影《一九四二》。该片结尾可谓奇峰突起，逃难中的地主最后决定由“西进”改为“东归”，“想死得离家近一点”。这个细节，让《一九四二》在某种程度上成为一部反映中国人生活的心灵史诗。《归来》同样给了我不少触动。它讲述了失忆年代人们所面临的双重困境：在现实中无家可归，对苦难又无处追问。剩下的只有漫长的等待，无所谓绝望，无所谓希望。这是一部关于等待的电影，结尾更显意味深长，答案（陆焉识）就在问题（冯婉瑜）旁，但答案不得不屈从问题，一起等下去。这很像我们现在的这个国家。不是吗？

“我是即将来到的日子”，书名出自小说《约翰·克利斯

① 《从纽约省会（Albany）回纽约市》，《胡适文集》第九卷，北京大学出版社，1998年，第272页。

朵夫》的最后一句话。我借用它，既是因为喜欢，也是为了向带给我这部心灵圣经的罗曼·罗兰致敬。我总是不厌其烦地宣告是《约翰·克利斯朵夫》让我在二十年前脱胎换骨。罗兰说，一个人想播撒阳光就得自己心里有阳光。这句话治好了我的忧郁。即使在一个困厄的年代，我也希望自己是一个内心明亮的人。无论如何，我们的心中总还是要有美和美的能力。就像有人说的——历史已经写好了，只剩下诗歌和音乐。

最后，我还要把相同的敬意奉献给所有让我在诗与思的道路上深受其益的人类之子。无论我们是否生活在同一个时代，我已铭记了他们曾经赠予我的可以温暖一生的意义。

2014 年 7 月 3 日完稿于东京大学

第一季　春

春日

我心师师，[1]
我行匪匪。[2]
雪地冰天，
央央春日。

1 师师，恭敬庄严。

2 匪匪，马行走不停。

星空

爱情比戒指古老
交谈比契约古老
脑袋比王冠古老
自由比民主古老
一个比一群古老
我的存在比我的意义古老

河流比木船古老
山坡比拐杖古老
泥土比宫殿古老
神迹比巫婆古老
眼泪比文字古老
我头顶的星空比心中的虚无古老

一代人

在自己的祖国
寻找祖国
在祖先的土地
流浪四方

只有哄堂大笑
没有热泪盈眶
手无寸铁的人
学会了铁石心肠

存在

你睁开眼睛，星星有了光
你迈开双腿，森林有了路
你采摘玫瑰，风中有了爱情
你想象，天堂有了四季

你是你的宇宙，最古老的王者
你感受，生命从此有了时间
你思想，大地从此万物奔流
你归于寂静，世界再无消息[1]

1 我曾在《重新发现社会》一书序言中提到一个问题——我死之后，谁来计算时间？“你归于寂静，世界再无消息”算是一个解答。时间只是一个人对自然和自我的感知，当他失去了生命，没有了感知，对他而言时间就终止了。没有谁可以为一个并不存在的人测量并不存在的时间。当他死了，逃出了时间，我们为他计算时间，就像举着尺子测量虚无。

春天里

你是你的沧海一粟

几十年后，你老态龙钟
在街上遇见年少的自己
你能否认得
那张清瘦的脸？

去安慰这个精神上的孤儿
为他指一条通向幸福的道路
可他是否会视你为精神上的父亲
信任并愿跟着你走

你从你孤独的道路上来
他也将朝他孤独的道路上去
他可能走向任何地方
唯独不会走向今天的你

你回不到你的过去
也帮不了过去的你
你是你的沧海一粟
你是你的万千可能之一种[1]

1 人生有无数种可能，我们却永远只能选择其中一种活法。此亦所谓，过去有比现在更多的未来。

鹅卵石

松软的泥土
躺在午后的阳光里
它不是生命
但孕育生命

湖边的鹅卵石
宇宙的古董
它不孕育生命
只是存在

在昨夜的睡梦里
我看到一位年轻的姑娘
她不存在
但真的美

娑婆世界里的万物啊
所有的存在与生命
我心中的一切意义精灵
还有谁，我忘了赞美谁？

除了美，我一无所知

没有历史和地图
没有暴力和杀戮
在心里寻找世界
最后的乌托邦

领略
这个世界给我
最大的慈悲——

除了人，我别无身份
除了美，我一无所知

万物终结于美

春梦

为什么
爱没有做完
梦就醒了?

为什么
春梦里的姑娘
多是不速之客?

是我背弃了古老的誓言
还是看到了爱人的另一张脸?

孤星

——致诗人华兹华斯

为什么要迷恋远方？
我就在远方之远方

为什么要沉醉彼岸？
我就在彼岸之彼岸

为什么要走向群山？
我就是群山

背负光明的孤星啊！
何等愁苦让你四处流浪？

须知你的天命
就是在你的星空闪亮[1]

1 华兹华斯（William Wordsworth, 1770-1850）在《闪耀吧，诗人》一诗中写到：“若你确实从天堂那里获得灵感 / 那么，为了那来自天堂的无尽光明 / 闪耀吧，诗人！在你所在的地方，并感到满足。”

梦醒时分[1]

走着，走着
不小心滑出了梦的边境
眼睛没有睁开
腿却收不回来

声音的潮水
涌进了我撞破冰川的航船
梦醒时的清晨
我的世界在光亮中沉没

有时候
我宁愿赞美黑暗
在黑暗里做一个世纪的梦
在黑暗里独善其身

我本想躲在暗处为你写一首诗
为什么我总是听到门外的哭声
引诱我到光明中去
毁灭我自己

1 这首诗是我在政治传播学课程上为学生解释福柯的“全景监狱模型”而写，解释当黑暗作为一种权利存在时，光明则可能沦为一种暴力。与此同时，作为一个学者，最要忠诚的是自己的理性与良知，而非公众和公共性，因为后二者皆难以定性和测量，且都暗含某种针对独立精神的腐蚀性。正因为此，在警惕朱利安·班达意义上的“知识分子的背叛”方面，我更喜欢“局外知识分子”这个概念，而非“公共知识分子”。

神回复

我问，道路为什么曲折？
神说，为了欣赏更多的风景

我问，河流为什么弯曲？
神说，为了哺育更多的生灵

我问，天空为什么空空荡荡？
神说，为了飘浮更多的想象

我问，我为什么失去了你？
神说，为了找回你自己

宿命的诱惑

谁比谁宽广
万能的上帝，还是绝望的人？

苦难与荒诞早已经教会他们
不和上帝一般见识
任凭它如何投掷骰子
不去计较输赢，以宿命嘲笑宿命

“凡上帝不能成全我们的，
我们都在成全上帝”，他们说
既然都是宿命
宿命也将随风而逝

镜中的上帝

洗手盆的上面
挂着一个空镜子

在镜子上，他写下了
“上帝”两个字

人生仿佛从此有了依靠
每次照镜子时
他都看见上帝的脸

这世上有两个你

这世上有两个你
一个你在地上走
走进教堂与市场
路过兵营和谷仓
在早出晚归中
起落沉浮，迎来送往

这世上有两个你
一个你在天上看
看尽所有的聚散离合
古老的虚无与背叛
以及太平盛世里
得寸进尺的悲伤

一个你说
除了地上的我，没有疆土
一个你说
除了天上的我，没有收成

在活着的地方好好活着吧

没有比活着更简单的事

你对自己说

你没什么需要上帝的慰藉

也没什么可以向世人分赃

谁没有两颗心

这世上，谁不是孤身一人
如我，静悄悄地
走过尘世的山坡

这世上，谁没有两颗心
如我，静悄悄地

一颗心枯
一颗心荣

一颗心幽暗
一颗心光明

一颗心垂首
一颗心眺望

一颗心在地上流血
一颗心在天上包扎

找我

小区门口

保安：你找谁
我：找我
保安：……
我：我住在里面

浪子归家
我在等我回家

第一次囚徒

一

我还活着
今天是我剩余生命的第一天
也是最后一天
我在今天活了很久
我在今天经历所有的第一次

第一次推开屋门
第一次骑着水牛出山坡
第一次喜欢城里的半条街
第一次爱上一位姑娘
第一次做爱
第一次做爱后的第一次做爱

第一次重蹈覆辙
第一次逃之夭夭

二

走不回过往

逃不进将来

第一次覆盖第一次

今天覆盖今天

在此刻无望的囚牢中

我是永远的第一次囚徒

三

世人啊，把你嘲笑的铜罐

沉进水底吧

谁都在今天活

谁都是第一次活

谁都没有经验

谁都在幸福时走投无路

谁都在挣扎时失意忘形

谁都是第一次经历生

正如将要第一次经历死

四

谁都在今天活

谁都是最后一次活

最后一次欢笑

最后一次哭泣

最后一次回心转意

最后一次杳无消息

没有什么值得终身悔恨

没有什么必须永不原谅

第一次的赞美

是最后一次的赞美

第一次的罪恶

等待最后一次的宽容

虚度

如果有一天
你身居高位
却不谋求有希望的变革
让你所有的隐忍前功尽弃
我不说你是一个好人
也不说你是一个坏人
我只道你是一个虚度光阴的人

如果有一天
你四海扬名
对周遭罪恶却只有墓碑般的沉默
让你所有的文字失去良知的光芒
我不说你是一个好人
也不说你是一个坏人
我只道你是一个虚度光阴的人

如果有一天
你为自己争得了自由
却要践踏邻人的自由

让你的自由处于同样的危险之中
我不说你是一个好人
也不说你是一个坏人
我只道你是一个虚度光阴的人

如果有一天
你赚足了钱还在忙着赚钱
不去实现贫穷年少时的理想
让你所有的钱财变成一堆无用的数字
我不说你是一个好人
也不说你是一个坏人
我只道你是一个虚度光阴的人

如果有一天
你于茫茫人海寻得灵魂唯一之伴侣[1]
却不知用你的生命去珍惜
让你所有的寻找变成一场徒劳

1 1922年，徐志摩曾在给恩师梁启超的书信上说："我将在茫茫人海中寻访我唯一之灵魂伴侣。得之，我幸；不得，我命。"

我不说你是一个好人
也不说你是一个坏人
我只道你是一个虚度光阴的人

是漫长，还是短暂？
多少人饱受生命的双重折磨
像维罗妮卡决定去死[1]
又梦想死里逃生
我看到人生最大的苦难与虚度
莫过于日日辛劳却生无所依
成为一个未遇天命的人

1 在保罗·柯艾略（Paulo Coelho）的小说《维罗妮卡决定去死》中，24岁的维罗妮卡厌倦了死气沉沉的日子，于是决定服药自杀。醒来后，她发现自己躺在一家精神病院，并以为得了严重的心脏病，只剩下最后一周时光。就在这几天，她遇到了真爱，想积极活下去，却发现自己没有了可以享受真爱的身体。小说有一个光明的结尾，维罗妮卡身体“痊愈”。而现实生活常常是，一个人年轻时不知道将来要做什么，于是挥霍无度，到真正找到自己的天命时，发现自己已经没有完成天命的能力。

放下

佛说
越放得下自己
就越快乐

我说
若放下自己
纵有快乐，与我何干？

佛说
放下执着心

我说
放下也是执着
我若执着于放下
如何放下我？

佛门

无常

今天是昨天的无常
明天是今天的无常

花谢是花枝的无常
花开是花蕾的无常

一个瓶子碎一地，是完整的无常
一地碎片被粘好，是破碎的无常

她离开了我，是我生活的无常
你爱上了我，是你生活的无常

没有恒久的幸福
也没有恒久的痛苦
无常以外皆为无常
乃我唯一见过之真理[1]

1 之所以世事无常，是因为我们生活在一个运动着的世界里。运动是世界的法则。时间并不存在。时间只是人类发明出来的一个工具，用于测量生老病死、衣食住行等运动。所谓人是时间单位，也是指人是一系列自己可以主宰的运动的集合。如果在无常之外还有一个更高的法则，就是因果律。

纽约中央公园长椅上的留言——活过，笑过，爱过，走了

几世同堂

祖父
是父亲的父亲
孙子
是儿子的儿子
几代人
生活在同一屋檐下
纵然血脉传承
看同一棵树荣发生长
在茫茫无着的时空里
谁不是孤儿？

在人世
几世同堂
几世的孤儿
拖着各自的身体与灵魂
生前未曾见过
死后不再遇着[1]

1 我生之前谁是我，我死之后我是谁？这是一个最古老也最难回答的问题。我们偶然来到这个世界，我们必然离开。所有爱恨情仇，也都是萍水相逢。

玩偶之家

其实我们并不拥有

其实我们并不拥有
这短暂的春光都守不住
说什么爱情和财富

其实我们并不拥有
曼哈顿的落日，巴黎的新桥
每一次的浪迹天涯终成梦幻泡影

其实我们并不拥有
紧攥的权柄、父辈的威严
那些满城风雨的声望与苦楚
都将随风而逝

谈什么私有制，美妙的幻觉
自己的生命啊，甚至不为自己所有
我们只是这广袤土地上的过客
一起寻欢作乐，各自灰飞烟灭

美的箴言

生活啊
你不要太美好
否则，临死的时候
我该有多么哀伤

旅人啊
不要走遍传说中的
每一个地方
你总得留点传说给想象

我们能失去的
都是已经得到的东西
你到了远方
远方就死了

去国行

你要有同情心
母亲说，人的眼泪
总是向下流的
这是人间的真理

一览无余的世界
两手空空
如果有良心的人都走了
你拿什么荣耀这片土地？

我在此国
我即此国都城
我若离开
此国即随我迁都

一个人的人海

此刻，谁不渴望孤独？
在这春日，做一个寂寞的旅人
独自浪迹天涯，独自海阔天空

一个人，在海边
孤零零地徘徊，远离尘嚣
徘徊在一个人的人海

因为热爱，所以伤痛
你的心是一座孤独的城堡
你的孤独是孤独者的圣物

意义女神

他们说
我要带你去天堂
还要给你永生
我说
我若得永生
人生还有什么指望?

那些有始无终的存在啊
都不是生命
我只想做几件心甘的事情
对得起粮食和蔬菜
在这荒诞的世界
借这虚无的时光

我活着的时候，世界就是我的
我热爱，我痛苦
我命名，我创造
我接生，我送葬
我手握鲜花与刀剑

我赋予我的万物以意义
美啊，丑啊，真啊，妄

多少人烧香磕头
祈求神赐的好运
多少人信奉上帝
等待上帝的侍奉
我没有崇拜过什么啊
被神抛弃的人也有信仰
我对上帝只有思念
没有恐惧和贿赂
我和上帝井水不犯河水
没什么要交换
我也希望上帝与我同在
既然活着就好好活着
大家都一样

我不希求永远的幸福
我注定像雪一般融化

我迟早要走

把世界留给你们

把幸福留给你们

把永生留给你们

把成群结队留给你们

我不稀罕天堂

在天堂我也会厌倦

那些死气沉沉的永恒

多么令人感伤!

城外空地里的教堂

正在举行一场葬礼

一个声音说

“上帝死了，我们自由了。”

一个声音说

“上帝死了，我们责任更重了。”

我说了什么啊

神从来没有眷顾我

我也没有投靠神

我猛然看见她，仿佛看见意义女神在林间播撒意义的种子

我只是人类的孩子
无家可归的孩子
如果一定要有彼岸
就带上我的意义女神
去彼岸流浪

美啊，丑啊，真啊，妄
我手捧鲜花
坐在死之将至的彼岸

第二季　夏

夏日

日子
海水般地逝去
昨日的种子
已经长成了
向日葵

正午的木筏
流淌过
寂静的河
阳光打在你的脸上
也照进你的心里
所有向善与自救的门
敞开着

哦
葛拉齐娅、奥里维
克利斯朵夫
还有田野里奔跑的
老苏兹[1]

1 四人均为罗曼·罗兰小说《约翰·克利斯朵夫》中的人物。葛拉齐娅是意大利姑娘，克利斯朵夫的女友。奥里维是克利斯朵夫的朋友，同葛拉齐娅一样，在克利斯朵夫告别狂躁、走向智慧的道路上起了至关重要的作用。茨威格在罗曼·罗兰的传记中曾写到，奥里维是法国文化的精华，就像克利斯朵夫是德国优秀力量的新秀一样。智者被强者提升，强者被智者净化。他生产思想，而克利斯朵夫则生产活力；他不想改造世界，只想改造自己；他满足于在自己身上进行责任心的永恒斗争，他从容地观看时代的游戏；他不与现实同流合污，他不必成群结队，他的实力就是孤独。他说：“我不愿意憎恨……我愿意公正地对待我的敌人，在一切狂热当中，我愿意保持目光明亮，以便能够理解一切和热爱一切。”苏兹是一位仰慕克利斯朵夫音乐才华的老人，也是宁愿为欣赏他甘于累死的知音。

我是理性
是力量
是善良
是一生中所有的
热情与痛苦
我是即将来到的日子

下雨天

世界如此安宁
我停下来了
时间停下来了
雨水飘摇
落于万家屋顶

晴天张开的欲望
像墙角收拢的雨伞
人世间所有的不幸啊
就在于我们无家可归
或有家不回

下雨天，我更想撑一把旧伞
听年少时久违的足音
在林间的寂静里
踏一条潮湿的道路
自己带自己回家

时光隧道

风景

我看到一幅风景
平静而又
触目惊心

谁也看不清远处
整个夏季，绿色蔓延

小心
你想要的时代
一定会到来[1]

1 没有人不盼望美好时代。人类的不幸往往在于，因活得过于漫不经心或急功近利，而对想象中的美好时代并无充分准备。当新的问题得不到解决，美好时代的到来也意味着受难的开始。小心美梦成真，是说要对梦想抱一种审慎的态度，更不要因为一个梦想的到来，而失去其他梦想的可能。

看得见的北回归线

我常常思念南方

我常常思念南方
万物生长，自由而婀娜
南方不只是方向
更是一种精神气质

我常常思念南方
宽阔的森林与河流
如水稻田里戴草帽的少年
一朵镶着银边的积雨云

雨水落进了乌云
豆荚长出了花朵
弟弟躺在摇篮里
那个帮妈妈挑水的孩子哪去了？

缅栀花[1]

几个老人
坐在树底下弹唱
因为通往天堂之路
他们走丢了腿[2]

一群孩子
举着古老的明信片
向世界兜售
文明的坍塌

王宫外的草坪
佛头滚进地摊
往日的罪恶
在记忆的铁丝网里
等待游客

停电的夜晚
大河边的缅栀花
在黑暗中谈论黑暗

1 又称鸡蛋花。在东南亚一些国家，缅栀花因为被佛教寺院列入“五树六花”而被广泛种植。

2 2007年我在柬埔寨有一次短暂的旅行，看了吴哥窟及其他一些景点，随处可见的是被地雷炸掉双腿的老人和乞讨的孩子。S-21监狱纪念馆前的空地上种着几棵缅栀花，馆内摆设的却是累累白骨。红色高棉时期，波尔布特政权为了所谓人间天堂，短短几年间使柬埔寨超过百万的人死于饥荒、劳役、疾病或迫害等非正常原因。它被称为20世纪最大的人祸之一。法国学者吉恩·拉古特用“自我屠杀”来形容红色高棉的暴行。

柬埔寨，一个时代的幸存者

一个过路的瞎子

在黑暗中看见光亮

回家的少年

那一年
第一次出远门
扒货车
一辆接着一辆
我去城里
找寻光荣与梦想

那一年
囊中羞涩
背着诗稿和干粮
我独自一人
想和世界谈一场
平起平坐的恋爱

可我
还年轻啊
没敢走太远
走太远
也许妈妈

就再也找不着我了

那一年

星星砰砰落地

时间戛然而止

走在寂寞山谷里的乡村少年

刚回到家

外面的天就塌了

手机

地铁里

我看见

每个人都在

向手机低头

做信息时代的弥撒

破碎的人

1 马歇尔·麦克卢汉（Marshall Mcluhan，1911 - 1980），提出媒介是人的延伸、媒介即信息等理论。在他看来，媒介是人的感知能力的延伸，如自行车是腿的延伸，望远镜是眼睛的延伸。然而人的精力、注意力终究是有限的，一种功能的过度使用和依赖，可能导致其他功能的缩减。

黑色的魔盒打开了
谁也离不了她
可意的臀部和腰身

路上的行人
为她走丢了左手
和眼睛

寂静的沙发里
坐着一堆
支离破碎的人

说什么媒介是人的延伸[1]
自从有了手机
人就不完整了

后现代爱情

两个人侧身
在午夜的四柱床
他们活在手机里
各自拥抱遥远世界的
信息之吻和玩笑抚慰

没有人在乎眼前
以及爱情古老的技艺
一幕幕孤独的
前戏与后戏

两人躺在一起
却又各自拔营
私奔千里

喇叭

闭上眼睛
你可以轻而易举
躲避各种诱惑或丑恶
然而耳朵却不会
自动关闭

耳朵是身体的破绽
身体是古老的木船
年久失修，穿孔漏水
一次次沉船于外界的
声音与暴力之海

车站
机场
学校
广场
……

老大哥[1]在义正辞严地宣告

1 乔治·奥威尔写在《一九八四》里的极权者。《一九八四》是一部政治寓言。1984年的世界被三个超级大国所瓜分，国家内部社会结构被彻底打破，均实行极权统治，以改变历史、改变语言（如“新话”）、打破家庭等手段钳制人们的思想和本能，以具有监视功能的“电幕”控制人们的行为，以对领袖的极端的爱和对国内外敌人的极端的恨来维持统治。在那里，写日记和做爱都是思想罪，其中最著名的一句话是“老大哥在看着你”。

喇叭是这个世界趾高气扬的主人

时间是你的，空间是他的

除非躲进时间，你将无处可逃

谋杀

他跳下楼
谋杀了自己
现场照片立即被上传网络
大家七嘴八舌
哦，惨不忍睹

一个绝望的人
以一种示众的方式
再次被谋杀

未见之证

大街上的暴行
我都看在了眼里
拍成了照片
写进了日记
流下了眼泪

我完成了我的见证
将它锁进良心的另一层抽屉
等待所有的见证
和正义的玫瑰一起枯萎

我是你
未见过的见证

上帝的语言[1]

梦中的语言
是文学的语言

婴儿的语言
是文学的语言

圣经的语言
是文学的语言

上帝的语言
是文学的语言

文学的语言
是人心的语言
人心不死，文学不死

它缥缈无声，呼风唤雨
它无中生有，僭越上苍
它创造一切又毁灭一切

1 宗教与文学有着密切的关系。比如圣经，可以说是由文学、律法和仪式三部分组成。这并不是说宗教就是文学，而是强调文学和宗教一样，都在勉力支撑起一个超越于现实之上的意义世界。文学无需来世，不参与未来的审判。文学是在此岸之内造一个彼岸，文学的审判也基于当下。它一部分决定于作者，一部分决定于读者。这也意味着文学的审判较宗教的末日审判更具有开放性。它是多元的意义的审判，而非单向度的正义的审判。

万物生长

它是节制和沉默
是泛滥和贪婪
是人类独一无二的魔法
是意义世界最后的审判

每一个字都是一朵云彩
把人浮上天庭
每一个字都是一片沼泽
将人拖下深渊

语义重复

他说，“我爱你”
她说，“我爱你”
他们在交换

他说，“我爱你”
他又说，“我爱你”
他在强调

他说，“你真丑”
她说，“你真丑”
她在消解

你说，“我真美”
我说，“我真美”
我们是空虚

十字架上的耶稣

彼拉多[1]说
“他没有罪。”
人群说
“他必须死。”

耶稣被钉在十字架上
各地记者蜂拥而至
没有人带来绷带止血包扎
没有人追问谁是凶手
没有人阻止刽子手
砸进最后一颗铁钉

他们只是带着使命而来
全心全意地关心耶稣
此刻有何感受——
“亲爱的耶稣，钉子扎进了你的肉里
现在是不是有些疼？”
“能否在临死前再说两句？”

1 本丢·彼拉多（？-41年），罗马帝国犹太行省的执政官。根据新约圣经记述，彼拉多曾经多次审问耶稣，并不认为他有罪。但是迫于仇视耶稣的犹太宗教领袖等人的压力，判处耶稣钉死在十字架上。在《马太福音》中，彼拉多洗手以示自己对处死耶稣不负有责任。

在当时，没有人关心正义
谁在记录谁就是上帝
流血的耶稣在十字架上悄悄死去
纸上的耶稣在三天后复活

钥匙

小时候在地上捡到一把钥匙
你以为可以用它打开世上所有的门

后来你攒足了各种钥匙
却找不到你想要开的锁

你像一个货郎走遍万水千山
挂一身钥匙，配你一生的锁

再后来啊
你和世界都失望了

你拿着答案找问题
你把自己锁在钥匙里

节日

这一日属于神甲

这一日属于神乙

这一日属于父亲

这一日属于母亲

这一日属于情人

这一日属于愚人

这一日属于妇女

这一日属于动物

这一日属于国家

这一日属于军队

这一日属于微笑

这一日属于牛奶

……

你的喜怒哀乐

必须整齐划一

要跟上国家，要跟上人类

所有平等的日子

被分成三六九等

表格化的纪念日

以意义的名义

将每一年拆得支离破碎

好填满人类的空虚

赞美

土豆，土豆
我赞美你
让我把你吃掉

母鸡，母鸡
我赞美你
让我把你吃掉

英雄，英雄
我赞美你
让我把你吃掉

罪恶，罪恶
我赞美你
让你把我吃掉

生命在银行里

害怕活得太久
你和他们一样
每天早出晚归
把时间换成一堆金币

一堆金币
一堆响当当的金骨灰

你把生命安葬在银行里
让银行成为人类
最大的公墓

人是时间单位

规范

播种的季节
大家都在同流合污
一本正经的学术刊物
收买自由的灵魂
投稿
如投井

给叶子套上模具，大小一样
给鸟儿装上竹笛，歌声一样
没有规范，不成森林
让思想变成一种字体
让学术成为一种标准的性病
蔓延
腐烂肌肤，赶走欢娱

严谨只为虚张声势
没有沉思的引经据典
除了证明自己是站在巨人肩上的
一粒尘埃

什么也不证明

我憎恶一切没有节制的规范
如憎恶官话和谋杀
在孕育果实的土地上
撒盐

那些淹没真理的假正经
为宇宙制定游戏规则
天上的白云啊，禁止随意飞舞
要想进步，就得踢正步

柏拉图[1]
德尔图良[2]
帕斯卡[3]
尼采[4]
托克维尔[5]
还有你自己
都到哪里去了？

1 柏拉图（Plato，约公元前427-347），古希腊哲学家。

2 德尔图良（Tertullianus，150-230），神学家和哲学家。最有名的观点是“雅典与耶路撒冷何干？”主张“雅典的归雅典，耶路撒冷的归耶路撒冷”，哲学和宗教分开，互不干涉。

3 帕斯卡（Blaise Pascal，1623-1662），法国数学家、物理学家和哲学家。

4 尼采（Friedrich Wilhelm Nietzsche，1844-1900），德国哲学家、诗人。

5 托克维尔（Alexis de Tocqueville，1805-1859），法国思想家。

第三季　秋

秋日

上山，下山
驾我前世车马
转尽世间古老的山坡
看灵魂的庙宇
落叶纷飞

此刻，此世
谁与谁踏遍故乡的青山
谁共谁同在天涯海角

上山，下山

小王子

你说，我是你睡前
脑海中的音乐
是月亮沉落时
旁边的晚星

错过的时光已如沧海
将两个相爱的人分开
总有一天你会想起我
在地球上的最后一个夜晚

我曾经远走高飞
至今一无所成
生活只剩下一堆破碎的
有关伟大的名词

我要忘记全世界和长安街
忘记地球到 B612 星球[1]的距离
给我一支玫瑰
人生全无用处，有什么不好？

1 圣·埃克絮佩里童话《小王子》里的星球。小王子曾在此居住，并爱上了一朵玫瑰花。

幸福大街

我愿埋葬爱欲
从此孤独终老
为自己写完新年的祷词
我梦见外面大雨滂沱
幸福大街
汽车不动声色地轰鸣
在欲望和空虚间往还

除了更深的怜悯
还能说什么
每一个人都将不久于人世
每一次微笑都是临终关怀
无影灯下
死亡是人类古老的绝症
如同爱欲之于虚无

何必为不能主宰的事情忧愁
来吧，亲爱的姑娘
死是一辈子的事，活也是

带上你美乳的芬芳
和温柔的同情
路过我，抱着我
和我一起，无动于衷
看窗台上时间的紫罗兰
在这个黎明
飞扬跋扈地枯萎

Neverland[1]

慈悲的心啊
和自己讲和吧
什么也不要等了
带上你的木纹铅笔
和自己的时代私奔
私奔到天上

在天上
只管一个人走，在天上走
做一个勇往直前的逃兵
不再思念谁
也不被谁思念
关闭手机
就像熄灭了尘世

So long[2]
故乡的流萤，湖边风景
还有流泪的姑娘
So long

1 英文，永无乡。英国作家詹姆斯·巴里（James Barrie）的小说《彼德·潘》里的小岛。梁实秋将其译为永无乡。如同乌有之乡，它并不真实存在，而是作为一种隐喻，代表永恒的童年、不朽以及避世。

2 英文，再见。

洛杉矶海边的旅人教堂：旅人啊，在此歇息并滋养你的灵魂吧

湖心岛[1]，Neverland
所有的意义城池与乌托邦

世界啊，美啊
我们终将互相忘记
正如此刻的诗人
在午后的天空里
孤独地睡，又孤独地醒
爱与不爱，都悄无声息

1 The Lake Isle of Innisfree，因尼斯弗里湖心岛，诗人叶芝（William Yeats）笔下最接近心灵的地方，是梦想中的世外桃源。叶芝曾经以之和梭罗的瓦尔登湖相提并论。“我要起身离去，去湖心小岛因尼斯弗里 / 用粘土和树篱，搭一栋小木屋在那里 / 我将种植九垄豆角，为蜜蜂建造房宇 / 孤独地生活在蜜蜂喧闹的林间空地……”Innisfree，是个有趣的地名，拆分后变成了 Inn is free（小旅馆是免费的）。

夜奔

满城飞雪
掩盖了世间所有的忧伤破败
掩盖了坚固的牢笼和古老的庙宇

此夜此时
在相念相望的寂静里
你奔向我
我奔向你

人类啊，总在互相拆台
谁还能够指望明天
那些无望而无常的日子
纵使阳光万里
你我各困一隅
如两个做梦的囚徒
醒在各自的监狱里

当雪化了，城池醒了
一切美好的东西都烟消云散

谁记起谁，昨夜
无缘无故地来
又无缘无故地走
谁在意谁，此后
一个人
在世上走
像一阵风
吹动一片叶

如果爱

如果爱
我会爱你
如爱我的生命
为你和你的命运
奋不顾身

如果爱
我会爱你
如脚下的道路
无论我走到哪里
你就在那里

如果爱
我会一视同仁
爱你及你
所在的人类
而我亦在
人类之中

此地今生

此地今生，谁在安排
谁的宿命与轮回
谁在尘世花园
轻声哀叹
我来君已远，我去君未还
此地今生，今生终未见

此地今生，谁在寻找
谁的街角与天涯
谁许谁不见不散
共一场风雪
君在风雪东，我在风雪西
此地今生，今生终未见

茫茫宇宙
多少孤独星球
各归宿命，无用地奔跑
多少行人
眼含热泪，停停走走

此地今生

我与谁

隔着时代和人海

今生终未见

天长地久

你说要天长地久
我说要天长地久
既然在一起
都要天长地久

我们假装不了解誓言
只是一时的轻浮之念
但人世不可靠啊
瞬息万变

喜悦的花蕾长在悲伤的枝头
我把幸福寄托在你的幻觉里
我在那里建造我的爱情城堡
也在那里等待天崩地裂

How long is now？我离开柏林不久，这面著名的“柏林墙”也被拆了。艺术家们的栖身之所，将让位于一家奢侈品店

过客

像尘世不挽留他一样
他也不再挽留尘世
这不受欢迎的过客
终将抛弃原本
失落的梦
做一个天上的
流浪汉

(1993 年，大学)

默誓

活了那么久
没有一天不是虚度的

说了那么多
没有一句不是多余的

走了那么远
没有一步不是徒劳的

我应该学会沉默地生活
直到最后遇见你的心

失眠的夜晚

生活并非尽善尽美
以至于你每天舍不得睡
即使没有咖啡或茶
晚睡还是会找到你

全世界都睡了
只有你在漆黑的房间里
骑着绵羊散步
从左走到右，从右走到左

在这样一个失眠的夜晚
没有人会关心你
而你还在关心人类，想象自己
闭着眼睛，为人类站岗放哨

时间的马车越走越远
你悄无声息困在原地
最后的一座睡梦之城，也已紧闭城门
城外一夜，你只浅浅地打了几个盹

想象自己，为人类站岗放哨

那些哭着说爱我的人都烟消云散了

我坐在自由之丘
等一个人
等一个和我一样
脸上和心里都装着笑容的人

等她和我一起上山
一起相信
这世上的日子
是值得过的

哦，古老的爱情
我还没有见过
那些哭着说爱我的人
都烟消云散了

此刻，你若还在为我哭泣
请告诉我啊姑娘
在我还活着的时候
你为何要这般悲伤？

这些年，我费心尽力

耗尽了我所有的第一次

如今只愿想想和谁

走在人生最后一个下雨天

爱之三阶

少年去游荡，中年想掘藏，老年做和尚。

——余华《活着》

少年之时
爱是义无反顾

壮年之时
爱是恒久忍耐

老年之时
爱是慈悲成全

Youtopia[1]

人类害怕虚无

于是发明了爱情和上帝

以及一万种乌托邦

让这些人造的太阳

看管宇宙

时而惹是生非

时而平息叛乱

1 “你托邦”，虚构之词。在英文中与utopia(乌托邦)谐音。

安眠曲

好想一觉睡到下雪了
地上就没有这么多尘土了
好想一觉睡到天亮了
天上就没有这么多黑暗了
好想一觉睡到你老了
我们就没有这么多悲伤了

快乐的孩子啊
为什么你全心全意地走来了
却不能全心全意地离开了

悲伤的孩子啊
为什么你等着命运水到渠成了
命运却让你泪流成河了

孤独的孩子啊
让我们一起睡去吧
再等一万年
等到地老天荒海枯石烂了

我们就一起醒来了

善良的孩子啊

让我们一起睡去吧

再等一万年

等到地老天荒海枯石烂了

我们就不再分开了

身上人

是谁，创造了天空
让它一无所有
却收留了宇宙
所有的浪子——
被上帝放逐的群星

是谁，创造了人类
让他饱受奴役
又给了他自由的灵魂
生于人世
又不屈从人世

是谁，辜负了我和你
任年华老去
永世不相遇
却都搂着各自的身上人
哭着永世不分离

这世界是女人的

这世界是
女人的，孩子是
女人的，男人是
女人的，连女人都是
女人的——
女人是家园，男人是过客
女人是土地，男人是收成[1]

这世界是女人的
所有琳琅满目都是女人的
男人唯一的奢侈品是手表
提醒他们准点上班，准点回家
准点侍奉
不同的女主人
在她们的身体里打卡
进进出出

种子沉进泥土
又拱破泥土

1 男人是世上最可怜的物种，男人要“打土豪，分田地”才能争得一点自己的土地，而女人天生就是土地。所谓“男人有钱就变坏，女人变坏就有钱”，不过是说男人有了钱就想多买几块地，而女人想有钱了，就卖掉几块地——其实也不是买卖，只是租赁罢了。也有人说“男人是野生动物，女人是筑巢动物”，不如换个更好的说法——“男人寻找家园，女人就是家园”。

靠近我，抱着我

坏梦想

谁不是欲望的钟摆[1]
在希望与无望之间
无用地摆荡
标刻时光，无用地标刻

谁没有几个坏梦想
为想象中的卑微幸福
挣扎于古老的迷局
一边是责任，一边是自由

每一天都在风雨飘摇
每个人都将朝不保夕
到处都是坏分子啊
人类，何苦难为人类？

1 严格说，禁欲并不存在。所谓禁欲，不过是纵容一种欲望去压制另一种欲望。有时候是压制自己的，有时候是压制别人的；有时候压制是来自个人，有时候是来自群体。此消彼长，禁欲的背面是纵欲。

秋天的遗嘱

我等了很久
你已经走了
或者还没有来，有一天
我将归于尘土

我将归于尘土
从此没有了岁月也没有了疼痛
上苍因我今世空着怀抱
罚我来世不再做人

我将归于尘土
可我总在相信啊
一粒灰尘也是土地
藏着古老宇宙不死的秘密

那时，你会坐在哪条船上哀伤
我想现在就来邀请你
到我将来的土地靠岸
去建造属于你的光荣城市

葬礼

一个人躺在花丛里，一群人在哭泣
为什么不节制悲伤[1]
还要让他的照片失去春光？

如果他一生痛苦
就对他微笑——安息吧
你的痛苦终于结束

如果他一生幸福
就对他微笑——多么羡慕你
我也要幸福如你

也许是另一种残酷
一切都与逝者无关
人们只是利用葬礼为自己的人生流泪

有一天我也要离开人世
亲爱的，请不要为我哭泣
我与你度过了美好的一生

1 古罗马时期的希腊作家普鲁塔克（Plutarch，约 46-120）曾在孩子夭折后给妻子写了一封长信（《慰妻书》），信中说：“亲爱的，我唯一的要求就是，在悲伤的同时，我们两个人，我，还有你，都要懂得节哀。我的意思是，不幸已然发生，我们要悲伤有度……思念、崇敬和怀念已故之人是人之常情，但是无尽的悲痛让我们恸哭、哀号，这就和放纵的享乐主义一样可鄙，虽然情有可原。”在此意义上，无度的悲伤，我称其为“享悲主义”。然而这种享悲主义并不会让我们的人生变得美好，而是给自己的不幸火上浇油。相较于普鲁塔克的悲伤有度，在齐格飞·蓝茨的笔下（《我的小村如此多情》），苏莱肯村的葬礼则完全是一种欢乐气氛。

当我在天空弥留
我只愿看见你在人群里孩子般的笑脸
那是世界留给我的最后的讯息

那时候我们还年轻

那时候我们还年轻
有梦想，有怀抱
还没有堕落到只爱一个人
为她哭
为她笑
为她忘记一生中所有伟大的烦恼

那时候我们还年轻
爱旅行，爱奔跑
爱这个世界的是非曲直
还爱她心里六月的城堡
那时候我们还都只是朋友啊
生活曾经多么美好！

真爱公司

一

街边的舞台塌去一角
逢场作戏的招牌被风吹上了天
我路过镇上古老的市场
看见一个男人泪流满面
哭诉自己不再是别人的真爱
太阳底下，痛不欲生

其实你早该有心理准备
我安慰他
那些庸俗的真爱只是一堆概念
必须符合情感的四则运算
忠诚的勾股定理
奉献的元素周期表
也可能她只需要一只标准猎物
但不是一个具体的人
她爱的只是真爱，而不是你
她会为真爱而来，也会为真爱而去

她的爱情和你的生命无关

又或许只是一桩各自赔本的生意
两个情感投资人走到一起
带着各自的账本和计算器
像经营企业一样
努力为自己的付出扭亏增盈
只有员工，没有爱
只为合法省时的交媾镀金
所谓爱情不过欺世盗名

二

Oh, my own true love[1]
哦，神奇的真爱
世间多少痛苦因你而生
多少人甚至为占有你而举刀用绳
我走南闯北

1 电影《乱世佳人》主题曲《我之真爱》。

看到无数真爱公司破产倒闭
不是因为人与人的相遇或相离
志趣相投或品味高低
而是因为你是性用品，遇到了质检员
你是货物，遇到了临时的主人

三

失意的人啊，你为何忧愁？
我活得越久
见证的悲欢离合越多
越觉得真爱是一种病
只有爱与慈悲救得了它

慈悲的心啊，你为何得救？
我知道你的荣耀不在于自己找到真爱
或成为别人的真爱
而在于你决心真的去爱

第四季　冬

冬日

闹钟总是
没我醒得早
洗脸的时候
我嘲笑它
奄奄一息的呼喊
在我的生活中失去意义

外面还黑着
挡不住我在屋里点灯
我早已学会了
自己唤醒自己
于绝望的深谷

余下的日子寥寥可数
没有阳光的早晨，风行草偃
我一个人在郊外
看见上帝
白茫茫的肚皮

寒潮来临

苍白的冬日
被群山抹杀
晚霞遭车裂
血满天空
枯树张牙舞爪
结成搜捕之网
冷月滑过黄昏
跌进水里

鸟儿结束了逃亡
人们开始了别离

山岗之上
最后的义人三三两两
若晚星霜结天顶
祈祷与归隐
守候最初的黎明

哀伤已是如此艰难

哀伤已是如此艰难
当灾难来临的时候
我更愿意学着在沉默中生活
写诗、饮水，紧闭房门
只要我还活着
就让厄运垂头丧气
返回它虚无的家

喜剧的反抗

一个喜剧作家
以人类的名义
触怒了悲剧的人群
从此亡命天涯

很久以前他为自己改名“耳挠腮”
只为了能在今天
偷偷地嘲笑

所有憎恨他的警察
不在抓耳挠腮
就在
抓
耳
挠
腮
的
路
上

好语法是性感的

人的命运

我相信
能稳固一个国家的
不只有面包、马戏和考试

我相信
能摧毁一个社会的
不只有偷盗、毒品和性病

我相信
能结束或开始一个时代的
只有经年累月的人的命运

音乐之声

我梦见有人
成群结队，手持凶器
冲进音乐会现场
殴打听众、歌手
和演奏家
在我容身之黑暗处上演
明火执仗的光明

施暴者啊
我虽然一言未发
在灵魂深处
却是何等轻视你们
你们来到世界上
虚弱得只能举起一把刀

我梦见自己
在孤独中醒来
在六月的清晨里
小提琴战胜了大喇叭

音乐战胜了暴力

手握权柄的人

开始投靠良知

狙击手

砰，倒下一个
砰，倒下一个
砰，倒下一个
……
狙击开始了
我坐在明亮的暗处
等待牺牲，或见证

握扳机的手啊
你什么时候自愿下山
来到湖边的空地
与开放社会握手言和

不再瞄准一个人
你解放了自己
也解放了一座山

理由

一

你把门关上了
你说把坏人关在外面了

你忘了世界就在外面
我说你把好人关里面了

二

当一个人失踪了
没有人去找他
不是一个人失踪了
是所有人

投诚

一场战争，旷日持久
在城市与乡村之间

二十年前
我放下锄头与诗歌
背弃故乡
向城市投诚
求荣
罚终身监禁于水泥城墙

冷冷的雨夜
我在城里听见雷声
记忆还停在当年的旷野
家园颓废
多少乡民、古树和牛羊
尽归臣虏

没有天空的都市
红灯亮满大街小巷

我身着华服，乞求命运

赐我一间朝西的囚室

每天看故国的太阳

寂寞落下山岗

人形昆虫

道路越来越远
一个个大的圆圈
套着一个个小的圆圈
一条条的护城河
一道道的地震波
标刻这座城市向外衰败的年轮

逃离北京，我像一个难民
跑到了高速公路的另一端
可是，哪儿不都一样啊！

灾难已经大面积发生
来自火星的蜘蛛
占领了这个国家
大大小小的城市
一环一环扩张
欲望的地盘
只等背井离乡的人形昆虫
自投罗网

成功家

有人为你撑伞
有人代你引道
有人为你清场
有人代你抬轿
有人为你搓背
有人代你洗脚
有人为你定行程
有人代你去思考
你活着，有声有色
只需号令匪匪
你死后，无牵无挂
还要花枝招招
你是谁，又不是谁
你在墓碑上刻下一个成功家
最后的忠告——
努力吧，少年！
等将来混到生活不能自理
你就成功了

屠婴

一个婴儿被人扼死了
静静地躺在路边的草丛里

所有人都想伸张正义
“杀死他！十恶不赦的杀人犯！”

所有人都忘了一件事
四十年前，这个杀人犯
也是一个婴儿
舞动四肢，咯咯地看着这个世界

审判

全副武装

审判

手无寸铁

奴隶坐上了审判台

所有热爱自由的人都有罪

连年有鱼

一

一条鱼，被放上了切肉的案子
众目睽睽
鱼向刀忏悔自己坚持做一条活鱼的罪行
刀说了，每条鱼都要有理想
鱼说了，刀说得对，我的理想就是成为一罐
整整齐齐的鱼片
鱼说感谢刀，我从此憎恶江河，如梦初醒

二

一个孩子，从鱼缸里捞出一条活蹦乱跳的金鱼
在众人面前，孩子对着鱼嘴吻个不休
众人齐齐赞叹：哦，上帝，这孩子好可爱！
没有人留心那条金鱼，在一双温暖的手里
挣扎着，死去[1]

1 偶然看到一张真实的照片，一个赤裸裸的孩子，坐在船上亲吻一条刚刚捕获的大鱼。这张照片，貌似温馨，实则残酷。鱼若不生活在水里，你在岸上怎么爱它、亲它、抚慰它，它终归很快死去。自称为人民服务的，先要知道人民最需要哪些服务；自称爱一个人的，先要知道那个人需要怎样的爱。否则，无论多么温情脉脉的服务与爱，都可能沦为一种暴力。

衣冠禽兽

大家都是禽兽的时候
你穿戴了衣冠
你想进化成人
他们说你是衣冠禽兽

骂你衣冠禽兽的人，并非不是禽兽
只是没有衣冠
他们骄傲自己是裸体禽兽
他们嘲笑你有自己的衣冠

道德审判每天都在进行
每天审判的却不是道德
而是你和他们不一样

偷生

小偷被吊了起来
人群绞死了他
他偷了食堂里的半个面包

祸害终于消除
人群如释重负
他们必以公正为粮

可是，危险的不是小偷
而是加害于人群的饥饿
小偷想部分消灭人群中的饥饿
人群却完整地消灭了他

寻牛

有人偷走了他的牛
那是他最心爱的牛啊
为什么好人不得好报?
他对着镜子大哭

寻牛的时候
他学会了偷窃
每个邻居都是嫌疑犯
他要报复所有人

世人只偷走了他的一头牛
他却剜去了自己的一颗心

感恩

她被他反绑在椅子上，不能动弹
两天以后，他给她递过来一瓶水

她在心里给他送了一枝玫瑰
她爱上了他，她想他本可以不关心她

他给她一间现实的牢房
她还他一座想象的庙宇
在这与世隔绝的世界里，
他成了她的恩人[1]

1 心理学上有所谓“斯德哥尔摩综合症”，认为在特定条件下，人质会爱上绑匪。人有自由的倾向，也有逃避自由的倾向。如罗纳德·托马斯诗中所写：“盖世太保完蛋了。/我却迷了路，/房子都穿着制服/阴沉如历史的幽灵。……/人如何能变成一只虫子，鼓励/那只铁靴重新归来。”（《“布拉格”》）

局外人

没人扶起他
一位老人，在众目睽睽下
死了

所有在场者都无动于衷
所有局外人都义愤填膺
“哀莫大于心死！”

同样是什么都没做
局外人只是以断定一群人死了
来证明自己活着

爱国便利店

“你为什么不爱国？”
他们手拿棍棒，冲进一户人家
想抢回藏在他家里的钓鱼岛

稀里——哗啦！
啊——啊！

自从有了邻居
爱国方便多了

恐怖分子

他服下正义的毒药
先杀死自己
然后复活

他冲进人群
将自己变成一把刀
再死一次

世界是幸存者的回忆
每一滴血都下落不明
杀人者和被杀者一样
都不领导这个世界

打群架

河边
一群人在殴打另一群人
他们各自为正义而战
他们的梦想是你死我活

打—群—架！
多么荒谬的词语
人们号召团结的时候
我却看到了分裂

人类如假药，从未见疗效
总是人群在左右社会和历史
有人类吗？
隔着人群，我找不到人类

死神来了[1]

两个朋友在路边闲聊
远远望着一个黑影
越来越近
谁也看不清他的面孔

一个说，“是死神！”
一个说，“不是死神！”
两人争执不下，直至
各自捅了对方一刀

黑影从他们身边飘然而过
他是不是死神，与他们何干？
他们死与不死，与死神何干？

1 人类或死于死神之手，或死于自己之手。多少苦难，源于无谓的争执。你坚持你自己对世界的理解，我坚持我自己对世界的理解，大家本可以相安无事。不幸的是，许多人心中都装着一个小死神，必要时为他人裁决生命。

牛的传人

你把我的刀剑铸成了犁铧
你把我的乐器也铸成了犁铧

你要我和大家一样
用我的生命耕种好你的田地

你要我做一头幸福的水牛
有口吃的就可以了

你要我富丽堂皇的哀伤
变成你秋天的催眠曲

捉刀

他被人砍去了一只手
凶手逃之夭夭
所有申张正义的人
都去追捕一把刀

终于，他们从池塘之底将刀捉拿归案
并将它熔铸成一枚奖章
捧进时代的讲堂
因正义之名，他们再次如愿以偿

寻仇

终于
他追上了他
他将他手刃
他扔下了刀
他哈哈大笑

许多复仇
与正义无关
而是以寻仇的名义
寻欢

要不，这虚无的世界
他靠什么活？

爱与愤怒[1]

1 一方因感情或肉体上的背叛而被另一方所杀的悲剧，在人类社会屡见不鲜。许多男男女女，表面上成立了家庭，实际上就像加入了黑手党，他们必须永不叛党，否则将接受永罚。

她爱着他
因为他的背叛
而杀了他
在法庭上
她重申自己的正义
哭成一朵梨花

如果，爱
不是慈悲与恒久忍耐
只是一时的情感爆发
那么，爱
与愤怒等价

英雄

人群说
你努力向前
你不要畏惧牺牲
你将成为英雄
永远活在我们心里

你说
我不想活在你们心里
我只想活在女儿的眼睛里

波茨坦的街头艺人

忏悔

哦，父亲
对不起，父亲！
为我总是无情无义地
从梦中醒来
我要向你忏悔

哦，父亲
对不起，父亲！
还没来得及告诉你
我在梦里为你建造了
地球上最好的空中花园
很多年了，我以梦为证
有些时候你真的幸福无比
只是还被蒙在鼓里

哦，父亲
对不起，父亲！
要不是为你做梦
我也决不会偷走你的私房钱

买了这张气垫床
工欲善其事，必先利其器

哦，父亲
对不起，父亲！
记住你院子里那群
惹是生非的公鸡
才是你幸福的宿敌
我全心全意为你做梦
为什么我的梦总是破碎
在清晨，那一声鸡叫里？

哦，父亲
对不起，父亲！
我抗议天不遂人愿
有时候也遗憾你不够努力
为什么不学着闭上眼睛
直接住进我的梦里
梦想我们其实生活在一起？

亡羊

日不落议题

每晚都有羊被狼叼走
每天都有羊在议论纷纷

它们担心天黑后狼再来叼羊
它们每天都在为同一个议题争吵
——太阳今天会不会下山？

程序正义[1]

狼谦卑地走到羊群面前
“时代不同了，现在以民主的方式
选出一只羊，直接送到狼窝去。”

羊群击蹄以欢
“时代不同了，有程序正义了。”

1 一个社会需要基于程序的正义，更需要基于正义的程序。法治与法制的区别在于，前者强调立法的正当性，而后者只是平庸地依法治国。

背叛

早晨，它们排成一排
一起看天上的一朵云

中午，它们都转过身去
开始看地上的棉花
只有它，还在看天上的一朵云

傍晚，它被投下了悬崖
因为它背叛了所有的羊

物种起源

狼来到了羊群，给其中的几只羊颁发狼皮
“穿上它，帮我们看好这些羊。”

被选中的羊兴奋不已

它们庆幸自己终于进化成了狼

没被选中的羊沮丧万分
不到一年，它们彻底忘记了狼之罪恶
认定披着狼皮的羊才是自己的敌人
而且相信只有狼才能给它们最后的公正

“敬爱的狼，请赐给我一张狼皮吧！”

流泪日

毕竟，小羊都死了
理智于事无补
不如将计就计
羊群都来哭吧

今天是流泪日
谁也不许欢笑和嘲笑

谁不给眼泪自由
谁就失去自由

灾难因何发生?
我看不见，你也看不见
只怪羊的眼泪
模糊了羊的视线

死去的小羊啊
我爱你们，可我无能为力
今天羊群奉旨流泪
我早已哭得筋疲力尽

万有引力

雨水烂掉出头的椽子
子弹击中出窝的小鸟
沙漠包围最后一座山峰
每一颗星球都在不停地旋转
磨平自身所有的棱角

正如我所生活的人世
打破寂静的人，倒在寂静里
我不必太穷，也不必太富
你不必太怯懦，也不必太英勇
社会只崇拜平均数

向下是平等，向上是自由
有生之年，你无望地飞天
趋同是人类古老的万有引力
总有一天你会跌回人群
如马尔特[1]惆怅
浪子归屋

1 马尔特是诗人里尔克自传体小说《马尔特手记》里的主人公。小说改编了《圣经》中浪子归家的故事。马尔特跪下恳求他的家人不要爱他，因为被爱也意味着被消耗。在他离家出走之前，家里的每个人都爱他。除了家人的爱，他不知道生活还会有其他什么可能。“家人早已根据他短暂的过去和他自己的意愿，为他规定好了人生蓝图，一种大家共同拥有的人生。这样的人生，不论白天黑夜，都包裹在他们爱心的影响之中，处在他们的希冀与猜疑之中，并时时面对他们的赞美和责难。”

哦，人群欢迎你，地面欢迎你
无论你是否愿意
变成图书馆里的一个名字
或是拥挤公墓里的一截墓碑
死后，你终于在人类的爱恨里安家落户

第五季　春

下雪天

晚风走在屋顶上
雪花落在寂静里
自然之母啊，多么神奇！
我只是在沉睡，却经历了你
改天换地的悄然一夜

我的写作还没有开始
我的生命仍有奇迹
山枕孤星，风吹黎明
我也在悄然生长
静静地等待我的时令

重逢

我翻年轻时的日记
像是走进一片公墓
我翻昨天的报纸
昨天已经恍如隔世

我看照片中的自己
像是遇见早逝的亡灵
我看镜子里的自己
像是遇见初生的婴儿

时光流逝啊我流逝
流逝在我所有的有生之年
生长的一切匆匆老去
老去的一切都一去不返

那年夏天，我二十四

万物哀伤

儿子出生了
父亲杀一只羔羊
在庭院

庆贺。母亲死去了
女儿折一束鲜花
来墓地

哀悼。人类不仁[1]
万物哀伤未尽
天年，为何

人类动了感情
却要我们
承受灾祸？

1 《道德经》有言：“天地不仁，以万物为刍狗。”意思是天地无所谓仁爱，对待万物如同草扎的狗一样，任其自生自灭。

沧海一树

正直的两难

黑暗的年代
总会有几座光亮的牢房
世人隔墙而居

困在墙里的人说
我的良心自由了
身体不自由

困在墙外的人说
我的身体自由了
良心不自由

如果身体与灵魂
必有一个戴上镣铐
正直的人该在哪里生活?

千声叹息

有的人走了
有的人死了
有的人消失于囚笼
静悄悄地，这里
没有人，只有梦

走在大街上，有时
我能听见一千声叹息
一千声的有气无力
有气时活着
无力时死去

万物生长
叹息也在生长
在生死相依的尘世里
我听见叹息成了一个时代
最响亮的声音
让我哭，让我笑
让我读书人一生长叹[1]

1. 元代张可久曾写过一首《卖花声·怀古》："美人自刎乌江岸，战火曾烧赤壁山，将军空老玉门关。伤心秦汉，生民涂炭，读书人一声长叹。"

最后的世界

你说土地是你的
你拿走了

你说天空是你的
你拿走了

整个世界都是你的
所有的身外之物都是你的

但我还是我的
我愿我最初的良心与我最后的世界须臾不分

我的忧郁里有明亮的未来

亲人，请原谅我
没有鼓点的忧郁
正如原谅眼角的乌云
没有它们聚集
天空就不会有雨滴

没有沉沦悲观
也不假装欢乐
我只是在用心地生活
诗人说，除了黑暗之路
人不可能抵达黎明

我愿意跟随自己的心
带上所有的诚实与自由
在时间的山谷里生长
无论世界向好，还是向坏
我的忧郁里有明亮的未来

所以然

诚实是最可贵的
所以你把它掰成两半
省着用
几十年不用一次

人是最可贵的
所以你贩卖奴隶
赞美奴隶制
一切以人为本

花朵是最可贵的
所以你在春天折下它
把它死气沉沉的艳丽
当作虐恋的果实

词语是最可贵的
所以你发明真理
用它编织罗网
赶走屋顶上的神明

我醒来算了

十一点醒
一点醒
三点醒……
两小时醒一次
生物钟碎落一地

我梦见一群狗
在追我
我知道情况紧急
我说，你们别追了
我醒来算了

我梦见下雨
街角挂了几把伞
我不知道该偷哪一把
我说，别偷了
我醒来算了

我梦见自己时日无多

可我还有天命
尚未完成
我说，别逗了
我醒来算了

我活着的时候
能够一次次爬出
痛苦和幸福的深渊
全凭这一句——我醒来算了

悲剧的诞生

人们争吵不休
人间悲剧不断
有时候只是因为少了
两堂课

没有人权课
人会被分成奴隶和强盗
没有逻辑课
奴隶就会爱上强盗

Being Present[1]

——写给毕业生的十四行诗

都说未来值得珍惜
为什么你总是暗自伤怀？
如果未来只给你生活的压力
那就忘记你还有未来

什么会摧毁你一生的梦？
除了过往的悲伤，更有将来的沉重
你害怕明天会下雨
不敢走在今天的阳光里

这样的生活多么荒唐
我的同伴，我的美女英雄汉
忘记忧愁吧，人生可以更简单
何苦为那些和你无关的日子慌慌张张[2]

你只需找到自己的天命
其他一切交给命运

1 英文，活在当下。

2 这世界有些事情需要担心，有些事情不需要担心。而后一种苦难，多半是自己给自己凭空捏造出来的。对此，有关恐龙问答的笑话做了很好的解释：诸位想象一下，如果恐龙来吃掉我怎么办？——立即停止想象就好了。

领悟

走着走着
就散了

笑着笑着
就哭了

跑着跑着
就蹲下了

活着活着
就死了

没有什么会地久天长
幸有此生可以依靠

生活在湖边

接上电源
插上网线
接通地球村的每一个角落
接通子夜至黎明

早已厌倦
那些千里之外的正义
与情感马戏
日子越来越破碎
而荒废的时间
每天却是如此完整无缺

你自以为和世界
打成一片
其实只是和一台电脑
生活在一起

此刻，我宁可坐在湖边
懒洋洋读完一本维罗妮卡

想念她的荒废与天命

也不愿假装亲密

和世界抱成一团

赶花人

——写给学生小梅的父母

三月的一个夜晚
我在宽阔的大街上
走投无路，想念一群蜜蜂
和两个清瘦的赶花人
想念他们的卡车和帐篷
帐篷里所有的光和盐

这世上没有谁
和赶花人一样威严而仁慈
带领嗡嗡飞舞的千军万马
为心中的花朵流浪四方
为最后的甘甜翻山越岭
和春天缔结古老的盟约
在花季，放牧蜜蜂与阳光
爱一朵花，就助它孕育

这世上没有谁
和赶花人一样快乐而自由
看路边繁花四起

看天上群星转动
一生都在关心天空和花园

赶花人是游荡人间的天使
像大地一样风餐露宿
像上帝一样身无分文

寂静

楼下有位老太太
每天都在练钢琴

去年这个时候
她还只会玛丽有只小羊羔
现在已经在弹梁祝了

时间一天天过去
每个接近梦想的人
内心总是安静的

钢琴立于墙角

几年前买了一架钢琴
却从不花时间学它
为什么上帝创造了钢琴
又让我对音乐一窍不通

我总在思念
那些明亮而清脆的音符
如思念布列塔尼[1]
穿透云层的太阳雨

琴声响起，阳光千里
万物自由而婀娜
美得让我绝望
美得让我痛不欲生

一件心灵的家具
永远摆在那里
我无力弹奏
有时会听到它枯朽的叹息

1 法国西部地区，以多雨著称，作者曾在此学习生活。

城市之光

1　亚卡拉（Alcatraz Island），又名魔鬼岛，位于旧金山市区北部海湾。电影《肖申克的救赎》中的很多灵感，即是来自早期的黑白电影《逃出亚卡拉》。

2　艾伦·金斯堡（Allen Ginsberg，1926-1997），美国“垮掉的一代”的代表人物，曾一度宣扬使用毒品的自由。

3　杰克·凯鲁亚克（Jack Kerouac，1922-1969），美国“垮掉的一代”的代表人物，作品有自传体小说《在路上》、《达摩流浪者》等。

逃出亚卡拉[1]
我回到了自由的旧金山
停在垮掉的一代的楼梯间
像停在时代广场上的一片云
听金斯堡[2]和凯鲁亚克[3]
大张旗鼓地讨论人类
腐朽的现在

一辆曾经在路上的老爷车
落满了五千英里的尘土
两年前落叶归根
死在了博物馆里
禁止任何擦拭
不要惊扰每一粒做梦的灰尘

夜幕和雨水，降落在最初的街道
撑伞而过的人，像一棵行走的树
门口活着的皮条客向我招手
对面的小巷子里有城里最好的姑娘

姑娘啊，姑娘

街角书店死去的诗人向我招手
在这里，无论活着，还是死去
每一段生命都是城市之光[1]

1 城市之光，同是旧金山一家书店的名字，位于“垮掉的一代”博物馆旁边。

这些年我游游荡荡

这些年我游游荡荡
流浪在蒙巴那斯墓园[1]
东京细雨下
中央公园的长椅
穿越魔鬼岛囚室的窄门
仰望在异乡的星空下
和你空洞的笑声里

为什么我能
抗拒世界的虚无
却无法抗拒
与你虚度
我的心里每天
开出一朵意义的玫瑰
你是我一生中
最伟大的烦恼[2]

1 巴黎的几大墓园之一。许多著名艺术家、作家、哲学家安葬于此。在那里，看墓碑的设计及墓志铭无异于一种享受。如莫泊桑的墓前印的是其作品《一生》中的一段话："La vie, voyez-vous, ça n'est jamais si bon ni si mauvais qu'on croit."（我们所见的一生，从不如想象中那般美好，也不像想象中那般糟糕。）

2 所谓人生，不过是寻得你想要的意义，然后与她虚度。即使爱情、事业与荒废，都是意义一种。

我与上苍失之交臂

星月夜

在天上，穿越云海
多少云上的日子
我与上苍失之交臂

今夜，我又一次情不自禁
问此身为何来到此世
成为人类的孩子
说着和他们一样的语言

一生还有多远的路
我的世界已经半片荒芜
可我还要用余下的生命问自己
在我来到世界之前
向谁承诺了今生的使命
和谁约定了今世的相寻

浩瀚夜空，多少死去的星球
在异乡闪耀
我这地上的孤星

有朝一日也会老去

那些曾经奄奄一息的光芒啊

能否在世间继续闪亮?

我道歉

哦，辛波斯卡[1]，在你的小星星下
请允许我道歉

我为幼年撕碎的昆虫道歉
我为在厨房里伤害的蝼蚁道歉
我为生而为人必须进食道歉
——这是我最真实的原罪
我为开仓放粮时走进拥挤的人群道歉
我为家有余粮而未开仓放粮向人群道歉
我为活在这个国家没有尽情舒展人性道歉
我为在不该沉默的时候少说一句话道歉
我为我意志的蝴蝶飞不过欲望的沧海道歉
我为浪费了每个清晨的第一缕阳光道歉
我为没有奋不顾身追求爱情道歉
每天晚上，我用文字祷告，用文字诵经
我为没有写一首长诗向自己道歉
我为因写作破坏了无数无辜的森林道歉
我为没有倾尽所有的自由与诚意向道歉道歉

1 维斯瓦娃·辛波斯卡（Wislawa Szymborska，1923-2012），波兰女作家，1996年获诺贝尔文学奖。

满目疮痍的世界啊，我向你道歉
当历史翻过这一页，我们将如何怀念今天？
我周游世界走过无数的遗迹和庙宇
我为我没因理想而活得全心全意道歉

希望罪

有人扔掉匕首
说世界已经死了
有人拿起手术刀
说世界或许还能活

水深浪阔
绝望的海妖常将人诱惑
她说，你要跟我走，无牵无挂
看吧，绝望有多美
她说，在没有道义的时代
希望是一种罪

绝望的人啊
不要诅咒我心怀希望
我心甘情愿，进退失据

像背着初生的婴儿逃亡
我心怀希望
只是在走一条更艰辛的路

致哀伤的人

如果你是光亮，就不要害怕黑暗
你要有耐心等待另一束光亮

如果你是种子，就不要害怕被埋藏
总有一天，你会为了天空冲破土壤

如果你是岁月，就不要害怕衰亡
你只要尽力活出你每一天的婀娜模样

快乐而自由的灵魂啊
去担当你生命中最需要的担当

说什么别无选择
你只是选择了别无选择
选择了选择之后的叹息与哀伤

在苦难与阳光之间

暴风雪

你们没有错
我也是对的
你有你的利益
我有我的意义
你知道你从哪里来
我知道我到哪里去

即使厄运来临
从此身无分文、名誉扫地
我也要端起我宇宙的天平
以对待所有人的仁慈
公正地对待自己

暴风雪终将过去
孤独的人总在仰望天空
那里有他蓝色的无畏
我走在通往春天的雪地上
我是我的道路和真理

这是我想要的美好人生

搭一辆灰狗巴士[1]
在寒冬的长夜奔袭
风暴过境，劳累的人们都已安睡
我靠窗听歌
和自己交谈往事，穿越
皑皑白雪，茫茫黑暗
幽深的林，寂静的城
由东到西，只为去一个地方
在宽阔的大陆，在白天与夜晚
在一生漫长的告别里
所有全心全意的旅程都让我感恩

寻得一个人或一件事
愿意为之勇敢地死
更愿意为之勇敢地活
任凭前路漫漫，我要不知疲倦
这是我想要的美好人生

1 灰狗巴士（Greyhound），美国跨城市的长途商营巴士，开业于1914年。旅美期间，我曾多次搭乘，穿梭于各州之间。

春日已近

北方的冬天
总是死气沉沉
谁知道哪些树还活着

现在，春天终于来了
活着的可以吐露花蕾
死去的难再滥竽充数

春天啊，不只有万物生长
春天还会无声地宣告
谁和谁的季节
已经走向死亡

我时时畏惧人群

我时时畏惧人群
这个因人之名而合成的庞大机器
多么可怕的怪物

它让你胆小如鼠又给你勇气横冲直撞
它为你站岗放哨又将你带入悬崖
它成群结队高举火把，而你却行进在黑暗里

哦，人群，在那里
行动急于思想
吞噬多于孕育
民主高于自由
肉体贵于灵魂
人人称兄道弟，却没一个可以想念的人

哦，人群，在那里
负责生产正义的不是上帝，不是人类
也不是你
而是人群中最响亮的一群，当

人群战胜上帝
人群战胜人类
人群战胜你
所有理想都将灰飞烟灭、无迹可寻

多少苦难奴役诞生于人群
孤独的人子啊
你是你世界唯一的王子，自我宇宙的中心
是怎样的恐惧与欲望，使你甘为奴仆
舍弃你古老的思想国，荒废
天上的星空与地上的城池
跟着人群走

回家吧，孤独的人子，渴望合群的人子
回到你的自由花园去
回到你的山巅之城去
与自己合群
没有旗帜和标语
没有刀剑和绳索

它成群结队高举火把，而你却行进在黑暗里

没有广场、鸦片和兴奋剂
没有以血还血和得意忘形的人民
回到你意志和意义的城堡去
你孤独的城门坚不可摧

我周游世界寻物访友
独自而来，独自而去
从一颗心到另一颗心

哦，人群
多么危险而乏味的人群
当我背弃一个人的游游荡荡
我能在人群中找到方向，却找不到美

无怨

无怨我蚍蜉撼树，贫窭忧悝；
无怨我流浪荒野艰涯，独行踽踽；
无怨我生命之离辙，梦想之平毁；
无怨我目无余子，鬑鬑须眉；
无怨我执着一生，伊于胡底。

（1995 年，大学）

天命昭昭

余生摇摇，天命昭昭。
万念俱灰，一念永抱。

余生摇摇，天命昭昭。
无可限量，无可求告。

余生摇摇，天命昭昭。
子兮予兮，不负同牢。

人子

附录

1980，在路上的美好年代

拥挤的车站，混乱的码头，岁尾年关千里奔袭、穿越风雪的摩托车队……说到中国农民候鸟一般从乡村到城市，从异乡到故乡，你难免会想起这些奔忙于路上的种种场景。和“出埃及”一样，“在路上”更是人类永恒的主题。没有“在路上”，也就不会有希伯莱人的“出埃及记”以及我曾叙述的“出乡村记”。没有“在路上”，凯鲁亚克的著名公路小说也不会流传为经典，更别说在其后催生出与“在路上”相关的一系列文化。

1980年代（有人认为八十年代是从1976年到1989年），伴随着大批青年回城，越来越多的农家子弟也开始试图进入他们梦寐以求的宽阔城市。

这是一个让人讴歌的年代。在经过了一个漫长的冬天之后，万物开始解冻复苏，理性与心灵的花朵在朦胧的爱意里竞相绽放。

理性的花朵

毫无疑问，此前中国结束“文化大革命”的混乱，告别“两个凡是”的教条主义与领袖崇拜便已经代表着某种政治理性的回归。至于社会理性在什么时候开始回归，似乎没有可量度的标准与标志性事件。不过，找到一些与之相关的社会现象并不难——当然，这同样得益于政治上的部分解禁。这方面尤其值得一提的是，许多“政治禁书”、“被流放的知识”重新出现在人们的生活视野之中。尽管禁忌仍在，但不再“知识越多越反动”。

对于那个书籍极度匮乏的反智年代里的悲伤故事，王小波在《思维的乐趣》一文中略有记载：

> 二十五年前，我到农村去插队时，带了几本书，其中一本是奥维德的《变形记》，我们队里的人把它翻了又翻，看了又看，以致它像一卷海带的样子。后来别队的人把它借走了，以后我又在几个不同的地方见到了它，它的样子越来越糟。我相信这本书最后是被人看没了的。现在我还忘不了那本书的惨状。插队的生活是艰苦的，吃不饱，水土不服，很多人得了病，但是最大的痛苦是没有书看，倘若可看的书很多的话，《变形记》也不会

这样悲惨地消失了。除此之外，还得不到思想的乐趣。我相信这不是我一个人的经历：傍晚时分，你坐在屋檐下，看着天慢慢地黑下去，心里寂寞而凄凉，感到自己的生命被剥夺了。当时我是个年轻人，但我害怕这样生活下去，衰老下去。在我看来，这是比死亡更可怕的事。

余生也晚。和王小波比，虽然我也曾经在乡下生活了不少岁月，但我似乎要幸运得多。因为当我青春萌发，开始极度渴望知识与书籍的时候，正好赶上了流行于八十年代的读书热与文化热。

1980年代的十年，文化热是中国社会最重要的现象之一。尤其从1984年开始，有关哲学、政治与社会的讨论大量增加，文化活动四处开花。一些全国性的学术讨论会陆续在郑州、上海、深圳、武汉等地举行，许多名牌大学也都建立了关于文化、文化传统、儒家以及中西文化对比的研究中心，各地纷纷组织面向公众的传统文化讲习班，无数关于文化的文章充斥各类刊物，各种文化类书籍摆满了书店。那个年代还没有哈里·波特，但正如陈彦先生在《中国之觉醒——文革后中国思想演变历程》一书中所描绘，1984年到1988年间的中国，南南北北像是中了"文化"一词的魔法，"文化这个词与主题成了当时中国真正的时髦"。而1984-1986这三年铸就的黄金时代，"由于意识形态环境较为宽松，文化热可谓如日中天”。

和今天堆满大小书店的各类考试学、成功学书籍相比，八十年代人们的读书生活显得更有品质。此时，哲学、美学、小说、诗歌、科学等各类书籍纷纷涌现，欧美的各种经典也被大量译介到中国。诸如萨特的《存在与虚无》、海德格尔的《存在与时间》、尼采的《查拉斯图特拉如是说》、弗洛依德的《梦的解析》等都成了无数才子佳人的枕边书。1984年3月，首套“走向未来丛书”12种出版。第一批书仅用了4个小时便在成都售罄。3月底，出版社重印了3万册，又在几个月内全部卖光。其后的“五角丛书”，几年间销售了1000多万册。

尽管仍然实行着严格的城乡分治、一国两策——九十年代初我离乡上大学时甚至还必须从家里寄上一袋大米给学校——但可以肯定的是，八十年代中国乡村与城市的差距远不如九十年代以后那么明显。那时候，即使一个像我这样生活在穷乡僻壤的小学生，也经常有机会被母亲带到县城的新华书店买课外书。母亲识字不多，每次都会请教书店里的读书人我挑的书是否真的有助于学习。在我的强烈要求下，有时还会让隔天进城的村民将我要买而未买的书给捎回来。然而，这个中间环节可能会出问题。比如，有一次我发现有本作文书前面少了几页，却又不好意思责备给我捎书的村民买了一本残书，只好将就了。直到几年后，我才在无意间知道这位村民因为半路内急，撕了前面几页擦了屁股。这个细节在我看伊朗儿童电影《何处是我朋友的家》时总会想起来——成人总是在不经意间毁坏儿童的世界。

拜赐于当年的读书热，我在中学的图书室里也没少找到流行于那个年代的经典作品。让我备感吃惊的是，2008 年我重回母校时，发现由于近年来农民拖儿带女大量外出，当地生源急剧减少，学校因此变得无比萧条。而当年那间让我垂涎欲滴的图书室如今空无一书，像遭了洗劫一样，只剩下满地的灰尘与几块断裂的架板。据留守的教师们说，许多老师都去沿海“打工”了。而当年那位曾经住在图书室边上的有志青年，早已弃教下海，远走他城，终于在 2000 年后做起了细节管理的生意，写了一本《细节决定成败》，几年间加印了几十次。

时光悄然流逝。我已经记不清在这所学校读过什么书——舒婷、北岛、三毛、席慕容、彭斯、歌德、泰戈尔、海顿斯坦、聂鲁达、普吕多姆、蓝波、雨果？值得庆幸的是，虽然身处乡下，借着当时席卷全国的文化热与读书热，我还是有机会读到过几本即将影响我一生的书籍，有机会亲历《巴尔扎克与中国小裁缝》里文化相遇之奇境——只不过，那位最初影响我的外国才俊不是戴思杰笔下的巴尔扎克，而是英伦岛上的雪莱。在我的书房里，至今仍保留着我在 14 岁那年买到的杨熙龄选译的《雪莱抒情诗选》（上海译文出版社，1981 年）。正如傅雷的译者献辞为罗曼·罗兰的小说《约翰·克利斯朵夫》锦上添花——“真正的光明决不是永没有黑暗的时间，只是永不被黑暗所掩蔽罢了；真正的英雄决不是永没有卑下的情操，只是永不被卑下的情操所屈服罢了。”杨熙龄写在雪莱诗选后面的《译者附言》同样让我一生受益。①

我相信，在这样的时代氛围下，每个人在其年少时都可能有着某种兼济天下的理想。回想起来，八十年代更像是一个名副其实的“诗歌加论文”的年代——在此之前，写《未央歌》的鹿桥曾经用“诗歌加论文”来形容他在西南联大时“有理性，亦有心灵”的美好人生。因为诗歌，许多人在清贫而跳跃的生活中一厢情愿地做起了精神贵族。若非如此，你很难解释为什么这样一本薄薄的《雪莱抒情诗选》能够畅销10年，足足卖出50万册。此前，由于时代的原因，这本诗选从1964年排出清样到1981年终于出版，足足等了17年。

也正是在这样一个充满诗意与想象的年代里，才有了海子“从明天起，做一个幸福的人”、“我有一所房子，面朝大海，春暖花开”与“姐姐，今晚我不关心人类，我只想你”这样温暖人心的诗句；才有了《让世界充满爱》、《明天会更好》这样共写心灵史诗的流行音乐；才有了雄心勃勃、壮志满怀的《年

①相关内容详见第7页引文。

轻的朋友来相会》——“城市乡村处处增光辉”。

九十年代末的一个夜晚，当我偶尔听到电视里播放《年轻的朋友来相会》这首老歌，想到当年高唱凯歌的年轻一代如今纷纷下岗，心中竟涌起一种莫名却又难以抗拒的伤感。然而，即便如此前途茫茫，谁又能否认八十年代他们刚走出时代“黑屋子”时的意气风发以及向往美好生活的无比赤诚？

我在梳理八十年代的记忆时，找到了一些相关的影像志。它们从另一个侧面表明那个时候的人们虽然处在一种普遍的贫困中，但是整个社会已经或正在发生悄悄的变化却是显而易见的：

> 1980年8月30号，五届人大三次会议开幕，在外电报导中，这次会议不再像以前那样，仅仅是壮观的政治仪式，而是一次做出重大决策，解决实际问题的人民代表会议。
>
> 这次会议第一次邀请外国记者参加，并事先举行了新闻发布会。驻京外国记者感叹道，上一次召开人代会的时候，外国记者都被送到天津去旅行，人代会就像一次地下会议，甚至不许代表们告诉自己的家属，只是告诉代表们要带些钱和粮票。
>
> 在这种气氛之下，有人担心自己怕是要遇到什么麻

烦了。这次会议也是充满直率的、生动的言论的会议，第一次出现了人民代表毫不客气地质询部长的场面。国外报道的结论是，中国正在谨慎的、逐步的成为较为开放的社会。（《电视往事》解说词）

我说八十年代是一个美好年代，是一个“恶补禁书”的年代，并非要武断地赞美那个时代完美无缺，或者断定它比现在这个时代好。

毕竟，那个年代同时也是一个流行“清除精神污染”的年代，一个“反对资产阶级自由化”的年代，一个可能因为跳舞像马燕秦一样被判处死刑的年代[①]，一个流行“严打”的年代（我的一位初中同学，因为拦路抢劫被枪毙），一个由对抗走向激烈的年代。

我上面提到的《年轻的朋友来相会》，同样以其坎坷见证了时代命运之波折。1979 年 2 月，当谷建芬在家里为这首歌谱曲时，怎么也不会想到会受到批判。三十年后，谷建芬坦承这首歌给她带来了灾难。有人认为这是一首反党歌曲，他们甚至给谷建芬扣了一顶帽子，叫“配合国民党反攻大陆”，

① 1983 年中国舞禁初开，人们开始尝试交谊舞，但动作举止更为亲近的“贴面舞”还被视为“流氓舞”。马燕秦喜爱交际，家中经常有朋友聚会、跳舞，由此引起了当地公安部门的注意，并导致了与她一起跳过舞的数百名男女被抓。两年后，马燕秦为首的 3 个人因“流氓罪”被执行死刑。

还有一顶帽子是“用资产阶级的音乐毒害青年”。而谷建芬的另一首歌曲《烛光里的妈妈》也被定性为建党以来最大的反党歌曲，因为里面用了这样一些句子形容“妈妈”——“您的黑发泛起了霜花”、“您的腰身倦得不再挺拔”、“您的眼睛为何失去了光华”、“不愿牵着您的衣襟走过春秋冬夏”等。有人说“妈妈”就象征党，你把党说得这么糟，这还了得。[①]那时，在北京举办的创作研讨会上，电影《小花》的插曲《妹妹找哥泪花流》也被批判为流氓歌曲。

我只想在此强调，那个心灵与理性的花朵并蒂绽放的年代，在其匆匆落幕、戛然而止之前，人们已经重拾生活的美好理想，紧随自己命运的召唤，开始追求心中的世界与外面的世界，追求一个甘于平凡的理想的世界。

无论是城里人，还是乡下人，刚刚从社会混乱与政治高压中走出来的他们，已经看到了隧道外的一丝丝光亮，初尝了长在新时代路边的一枚枚禁果，像是怀着一种初恋的心情，试着一步步走向开放与自由。而这一切，也正是被圈定在城市之外的农民得以“盲流”进城的大前提。

①新京报编《日志中国》(1978–2008)，第五卷，第137页。

天路

心灵的歌声

谈到八十年代的心灵，“诗歌热”无疑可以算作其中的一种表现。不过，接下来我更愿意回顾那些回荡在八十年代的老歌。许多老气横秋、自诩高雅的人常常批评流行音乐“低俗”，是“靡靡之音”。然而，就是在那个年代，许多人不再做“红旗下的蛋”，而是做了“靡靡之音下的蛋”。

对于生长在乡村的孩子们来说，流行音乐首先代表的是公正，其次才是艺术。它首先是生活的音乐、平民的音乐，它像太阳的光辉一样，眷顾大地上的每个孩子，不仅照耀都市，也照耀乡村。与此同时，它又不像革命年代的歌曲一样强行灌输于人。毕竟，每个人因为无力抗拒而获得某种东西，那不是平等。

对于刚刚从极端年代里走出来的中国人而言，八十年代的“流行音乐热”有一个共同的特征，即它们或多或少都与“外面的世界”有关。即使是《乡间小路》与《垄上行》这样看似本土的乡村歌谣，也是从台湾吹来的新风。

“白天听邓小平，晚上听邓丽君”，有人将中国的八十年代简化为“双邓时代”。八十年代初的中国，邓丽君与中国最高领导人邓小平“齐名”，一个称“老邓”，一个叫“小邓”。前者主导政治，是中国改革的“总设计师”，后者引领生活，是中国人的生活与审美回归常态的标竿；前者让中国走向开放，后者让社会回归多元。告别《红灯记》里“打不尽豺狼决不下战场”的嗜血斗志，中国迎来了邓丽君式的温婉甜美。“甜蜜蜜，你笑得甜蜜蜜，好像花儿开在春风里……”邓丽君借着她的“甜蜜蜜”征服了新一代中国人的心。当人性重新舒展，任何横加指责都已经无济于事，都已经阻挡不住一个开放而多情的时代卷土重来。

曾经生活在那个年代的人们可以轻而易举地说出一些当时流行的歌名与歌词。不需要太细心，你就能发现，那个年代的许多老歌都带着某种“在路上”的情调。同在蓝天与星空之下，从故乡到异乡，从乡村到城市，无论是欢欣还是愁苦，道路的另一端，总是延伸着那个刚刚开放的年代所特有的希望、自由与牵肠挂肚。

如齐秦的《大约在冬季》：“轻轻的，我将离开你，请将眼角的泪拭去……”；《外面的世界》：“在很久很久以前，你离开我，去远空翱翔……”；李娜的《人在旅途》：“从来不怨，命运之错，不怕旅途多坎坷，向着那梦中的地方去，错了我也不悔过……”；黄家驹的《海阔天空》：“今天我寒夜里看雪飘过，怀着冷却了的心窝飘远方……”；姜育恒的《驿动的心》：“曾经以为我的家，是一张张的票根，撕开后展开旅程，投入另外一个陌生……”；费玉清的《梦驼铃》：“攀登高峰望故乡，黄沙万里长。何处传来驼铃声，声声敲心坎。

盼望踏上思念路，飞纵千里山，天边归雁披彩霞，乡关在何方……”；崔健的《花房姑娘》：“你问我要去向何方，我指着大海的方向……你要我留在这地方，你要我和它们一样……我想要回到老地方，我想要走在老路上。”最动人者当属文章的《三百六十五里路》：“睡意朦胧的星辰，阻挡不了我行程，多年漂泊日夜餐风露宿，为了理想我宁愿忍受寂寞，饮尽那份孤独……三百六十五里路哟，从故乡到异乡。三百六十五里路哟，从少年到白头……”

与远行和相思有关的还有徐小凤的《明月千里寄相思》，汪明荃的《万水千山总是情》，姜育恒的《再回首》，费翔的《故乡的云》、《海角天涯》以及那首让所有年轻人眼热心跳却又无比释然的《溜溜的她》……除此之外，尤其值得一提的是潘安邦翻唱的苏芮那首见证时代波折的《跟着感觉走》。时至今日，我仍能想起上中学时边听这首歌边赶路的情景。——“跟着感觉走，让它带着我，希望就在不远处等着我。跟着感觉走，让它带着我，梦想的事哪里都会有……”

遗憾的是，正是这首曾经给年少的我带来无尽轻盈、快乐与青春活力的歌曲，在一个特定的年代里被认为有罪与不合时宜。

“不要问我从哪里来，我的故乡在远方，为什么流浪，流浪远方……”同样，三毛写的这首《橄榄树》曾经让无数年轻人动容。远方是希望所在，只是由于经济与政治等原因影响，那时中国人能出国旅行者非常少，而来自台湾的三毛，以一种“万水千山走遍”的随性与坚毅，为那些喜欢听她讲述流浪故事的人打开了人生的视界。

八十年代的流行歌曲，许多都是情歌。面对“外面的世界”时的忐忑不安，同样在这些歌曲中表露无遗。这方面，最有代表性的莫过于邓丽君的那首《路边的野花你不要采》：“送你送到小村外，有句话儿要交待，虽然已经是百花开，路边的野花你不要采。”

若干年后，当我辞去第一份工作赴法留学时，平时最常听的是一首法语歌——《Là-bas》。这个词可译为“远方”、“彼岸”或“他处”。它是法国著名艺人 Jean-Jacques Goldman 在 1987 年翻唱的一首对唱歌曲，很有点《走西口》的味道。其大意是：一位乡下男子要外出打工，他的未婚妻拉着他的胳膊，劝他说你不要走啊，不要走，外面有太多风雨雷霆、艰难险阻，你不如留下来，我要为你生儿育女，而且，“On a tant d'amour à faire”（我们还有好多爱要做呢）。

尽管送行的场景颇为相似，不过这首歌比“汪汪的泪水肚里流”的《走西口》要深刻得多。而最让我感同身受的正是表现在 Goldman 苍茫男音背后的那种自由与自我：

远方一切都是新的，自由的大陆，尚待开发，没有栅栏。而这里，我们的梦偏狭无比，所以我要远行……这里一切已提前安排，我无力改变，这里一切都取决于你的出身，而我生于贫寒……远走他乡需要雄心壮志，在我这个年纪，改变一切还有可能。但有信念和力量，梦想就不会遥远……在远方我可能会失去你，留在这里我将失去我自己。

这是一首赞美自由与开放的情歌，但我更愿视之为对同样生活在八十年代的中国人“出乡村”的遥远回声。毫无疑问，从人类文明的进程来看，“出乡村”在世界各国都是最普遍不过的事实。区别只在于，在一个功能正常的国家，一个男人从一个地方走到另一个地方，妻子或情人可能会阻拦他，因为“On a tant d’amour à faire”，但是政府不会像小情人一样拽着外出谋生的男人的胳膊说：“不许走，你要对我负责！”

事实上这种事情并没少发生。如前文所述，在极端的年代，在一个国家压倒社会、政权压倒人权的国家，既无市场经济，又无市场政治，人们用脚投票与用手投票的权利均被剥夺，不得不做“工用螺丝钉”和“农用稻草人”，随便挪动自己的位置都算是对集体的“背叛”。而如果你要绝食抗议，那就属于破坏生产工具了。

我念书的中学坐落在千米高山脚下。那时候外出，还没有女生拉着我的胳膊浅吟低唱“路边的野花你不要采”，更不会有“On a tant d’amour à faire”。那时我的生活里没有花，所有野花也都是别人的。记得是在一个夏日的清晨，我带着从学校食堂买的几个馒头和一本自己装订的诗集，孤身一人坐车到一百公里外的《九江日报》编辑部投稿。那是我第一次出远门。大概正午时分，车子终于停靠在市中心的甘棠湖边。就在下车的时候，猛然听见湖对岸传来了齐秦的《外面的世界》：“在很久很久以前，你拥有我，我拥有你；在很久很久以前，你离开我，到远空翱翔。外面的世界很精彩，外面的世界很无奈……”

我时常动情于生活中的一些细节，即使是这偶然的境遇也足以令我感恩。回想起来，这是一次多么完美的旅程！远处的歌声，时代的心跳，仿佛要将八十年代第一次远游的你置身于一场记录时代的大型 MTV 之中。这些年，我辗转于不同的异乡，虽然渐渐忘记了故乡的一些人和事，甚至连中学时有些同学与老师的名字也已淡忘。然而，十六岁那年第一次出远门时的情景却历历在目，宛如昨时。生命的激情，梦想的催促，标刻时代的情歌，久违的怦然心动，都在那一刻交错、缠绕。而你一个来自穷乡僻壤的翩翩少年，于恍惚之间竟不知所以，愿意将自己的一生交付给文字，以为自己与这个世界的恋爱真的开始了。

每个人都在寻找适合自己的表达方式。若干年后，我之所以中断写诗，同样是因为诗歌不足以表达我自己。如荷尔德林所说，人类充满劳绩，应该诗意地栖居于大地之上。人类不能没有诗意，不过诗意未必要通过诗歌来表达。更何况，我常常想的是，这个世界包括我的人生并不缺少诗意的描述，而是缺少通向诗意的道路与方法。

没有人能够复原八十年代。在这个新时代，政治渐渐让位于生活，每个人都在为自己的生活打拼，如张雨生所唱的那样："你是不是像我在太阳下低头，流着汗水默默辛苦地工作。你是不是像我就算受了冷落，也不放弃自己想要的生活……"(《我的未来不是梦》)

时至今日，每当我听到这首老歌的时候，总免不了想起当年初听它时的情境与心境。恍惚之间，我甚至认为张雨生的这首歌就是唱给我和我们——那些在炎炎烈日下陪着父母忙"双抢"[①]的乡村少年听的。他们虽是被"一国两策"流放或隔离的一群，但一样有着自己与生俱来的理想与抱负，更受着大地山川、日月星辰的眷顾，让他们虽然无缘城中的蜜饯，却获得乡野的灵性。

2009 年 4 月

①在农忙时的抢种、抢收。

后记

天命与人生

整理完文稿，再配上我这些年在世界各地拍的照片，一切接近尾声。从数以万计的照片中挑出这些照片，并非易事。尤其值得说明的是，本书翻开后的第一幅图片是我在纽约现代艺术博物馆拍的。画面背景是意大利“贫穷艺术”[①] 重要代表乔凡尼·安塞尔莫（Giovanni Anselmo）的一幅作品。当我将手伸进取景框时，整个画面有了新的意义。这也是我经常提到的“控制意义”。

无论摄影还是写作，从本质上说都是控制意义，而非生产真理。这是一种开放的控制。借着这些意义品，我希望能给读者的，不只有世界的幻象或诗意的审美，更有关于爱欲、正义、媒介与人的命运的深沉思考。这也正是我给部分诗添加解读性注释的原因。

①贫穷艺术是流行于意大利60年代中期至70年代末的后现代艺术流派。当时一批年轻的意大利艺术家把一些日常的或被忽视的材料融入创作，赋予新的意义，以区别传统的“高雅艺术”。

有些诗歌可说是“诗哲学”或者“诗评论”。在形式上我无法准确分类，也不需要。诸位只当它们是我文字上的一种拓展，即可。

在一定程度上，我相信罗纳德·托马斯对诗歌的理解。句法是词的诡计，用来约束精神，而诗的韵律只遵循生命的律动。既然如此，对文体进行过度的区分也是对思想的一种禁锢。这也是我近年来一直推崇跨文体写作的原因，我希望借着它完成并丰富我的思考。

一

我承认，当我猛然意识到自己的书架上很多年来都没有新添一本诗集时，我为此感到羞愧并立即着手对自己的生活做了一些改变。过去被我忽略了的欧美诗歌重新进入我的阅读视野：辛波斯卡、特朗斯特罗姆、托马斯……在他们那里，包括在我这里，标榜无意义、庆祝无意义的写作永远是荒诞的和不可能的，因为无意义也是一种意义。

这几年，又因为在各地做讲座的缘故，我每次在飞机上除了整理隔天的演讲文稿外，通常还会信手写一首诗。这也算是另一种“诗歌加论文”的生活吧。

诗人叶芝曾经说过，人们在与别人的争吵中创造了辩论术，而在与自己的争吵中创造了诗。我不是这样的。我写评论的时候只与自己争吵，不与别人争吵；而我在写诗的时候，只负责倾听自己的声音，不与自己争吵。理由是：理性重事实，越辩越明；心灵重意义，最要紧的是跟随。或者说，理性重“NO”，心灵重“YES”。

此外，还有一些未完成的诗是平时走路或醒来后记在手机里的。因为时间的关系，我还没来得及整理。我甚至觉得，未完成也是诗歌的一种形式。

比如下面这些：

蝴蝶落在窗台上

分明是梦在我的脑海里
却说什么
是我在梦里？

——《梦蝶》

一个好人，为了算计同类
走关系，走到了地下
又走到了天上

——《求神》

海阔天空

我只与笔争吵

它想要更多自由，我说

你等等

它想休息，我说

我们动身吧

——《笔战》

我积累了不少类似的残篇断简，它们都是我思想的火花，是我未完成的诗。

偶尔我还会填词。不过，除了几首自己还算满意，大多半途而废。相较而言，我更喜欢诗经体的古文，觉得它们有节奏感，时而深情款款，时而铿锵有力；时而像小篆，时而像魏碑。有一年我坐飞机路过天山，只写了十六个字——“云海茫茫，天山苍苍。如削如凿，念念不忘。”或许这也算是一首未完成的诗，但汉语独一无二的精致让它不需要再完成了。我读宋教仁日记，无比疼惜和怀念他，当晚在自己日记里也只写了十六个字：“悠悠苍天，世之君子。隔世以望，我心永伤。”

其实在念大学一年级的时候，我曾经想写一部和拜伦的《恰尔德·哈洛尔德游记》一样壮阔的抒情史诗，当时坚持写了几十页稿纸，可惜后来都遗失了。时至今日，我能想起的也只有描写游子离别家园时的一句话——“早雾浓重，渐将故园消隐”。

即使这样，我还是学会了安慰自己。我们这一生迎来送往，说了多少话，写了多少字，真正能记得住的又有多少？所幸还有诗歌为我们留下只言片语，尽管少得可怜。就算连这点言语的遗产也没有，我还是要感谢诗歌——感谢它至少给了我一个机会，让我能够回忆起自己某年某月在写诗。更何况，我们的生命不也是和丢失的诗歌一样，将来会不知所踪吗？

还有一些努力，并不为世人所知，只有三两朋友知道。去年我写过一篇长诗，最后还是放弃收录在我的文集里。一来风格有些不统一，二来在一个流行各种禁忌与马赛克的时代，难免会遇到一些意想不到的问题。最后能够见诸于世的，也只剩下一些片段了：

> 我梦想有道德的人不以暴力推行道德，让道德从暴力的伤害中复原。
>
> 我梦想有爱的人不以占有代替爱，让爱从占有的伤害中复原。
>
> 我梦想赞美真理的人不垄断真理，让真理从垄断的伤害中复原。
>
> 我梦想读书人继续保有书生气，让启蒙从暴力的伤害中复原。
>
> ……

我梦想农民收回祖先的田地，可以安心地把种子埋进泥里。

我梦想我在属于自己的土地上盖起了房屋，它不仅能帮我挡风挡雨，而且能挡民主和君王。

我梦想房前屋后有古树，年富力强的时候，我在树下读书击剑、宴饮宾朋。当我垂垂老矣，不会有人胆敢来挖树拆墙，哪怕那时我已经挥不动一根拐杖。

……

这些年，从农村到城市，我路过一些地方，得遇一些良人，见证了一些美好的事物，也时常黯然神伤。

虽不知生从何来，死将何往，我时时盼望自己全心全意，紧随理想的召唤。事实上，亲爱的读者，除了墓地与正直的生活，命运不会将我带向其他任何地方。

关于这一点，或许你我都一样。

——《梦想与光荣》

这是另一种未完成的诗，与灵感无关，只是无法完整发表而已。但因为留下了时代的烙印，也因此显得别有一番意味。相信聪明的读者能够借着我这些并不完整的诗与梦，读懂一个抱残守缺的时代；读懂我即使是在这样一个时代，也在努力保持内心的完整。

二

准备写这篇后记的时候，我回到江西永修我参与建设的图书馆。由于特殊原因，如今这个图书馆暂停了给学生们的服务。

我很遗憾这几年我所见证的时代似乎没有给我带来什么好消息。在心里，我时常听到一个声音——我能承受时代之苦难，却不能承受时代之不美。我对审美的要求让我越来越厌倦目前的生活，正如厌倦漫天的雾霾。有时候更会觉得进退两难。我们做一些自以为美好的事情，一旦半路夭折，似乎又是徒增怨气。如狄金森诗中所说：

我本可以容忍黑暗
如果我不曾见过太阳
然而阳光已使我的荒凉
成为更新的荒凉[①]

当然，我并不气馁。生命中总还有些美好的事情在等着你，比如相亲相爱，生儿育女，谱写诗歌，创造雕塑，就像我现在做的一样。前面谈到，这本书虽然收录了我的部分诗稿，但我

---

①艾米丽·狄金森：《如果我不曾见过太阳》。

并不想简单地将它归为诗集，就像我甚至不愿将雪莱、纪伯伦、里尔克简单归为诗人一样。在我看来，他们首先是思考者，是关注人类命运的温柔的同情者。他们的作品，形式上是诗歌，却不是诗歌这个词可以概括的。

我这样评价一本书并非断言自己将和先贤们走得一样远，我只是强调我们之间有着一种精神共通的意义世界。正是这些共通的精神为我的人生带来了无尽慰藉，伴我走过许多漫长黑暗的岁月。

这首先是一本关于意义与人生的书。其中不少篇章谈到天命，如《Being present》、《孤星》、《虚度》、《天命昭昭》等。借着这篇后记，我想就此做一些补充。

我在大学教书，每年都会看到一些学生惶惶不可终日。为找工作，有的人甚至会投上几百份简历。一方面，见到学生们如此劳碌，争夺机会，我真觉他们辛苦；另一方面，我也在想，倘若你什么机会都想要，什么行业都胜任，是否意味着你至今未知天命，对于自己一生中最重要的那件事情十分茫然呢？

我庆幸自己在十几岁时便知道自己的天命，愿意把自己的一生奉献给思想和文字，并且为之努力。这或许是我未皈依任何宗教或政治团体的原因，因为我有自己的信仰。寻得自己的天命是美好的。做一件事，不为成功，只管自己好好做；爱一个人，不为占有，只管自己好好爱。我十分享受这种内心的纯粹。

我们喜爱一个人，或一种人生，不是因为要从中得到什么，而是因为这种价值或意义上的赋予，让我们的人生开始变得美好起来。

可叹世间多少人，明明为贪欲所苦，却说是为情所困，为事业所累。当他们为“失去爱人”或“失去事业”而哭泣的时候，就像孩子哭橱窗里的玩具，猎人哭逃掉的小鹿。

我赞美天命，还因天命也是我唯一可能自我完成的东西。法国作家夏多布里昂总结自己一生“文学上心想事成，政治上一败涂地”，原因是前者决定于自己，而后者决定于别人。

其实世俗的爱情也一样，当你将幸福寄托于别人对你的感情，这无疑是一种冒险。而如果你将爱一个人或一件事当作自己的天命，一切就变得简单了。我这样说，不是要读者做无谓的付出，而是强调即使世界沉沦，爱人离别或老去，你仍可以保持一颗赤子的初心。

天命是我的上帝，是我赋予自我意义的最高形式，它不同于命运。天命本无所谓好坏，关键在于你相信什么。人难免会受到一些东西的引诱，总想拥有些什么。《金刚经》说“应无所住，而生其心”，我是在旅行中彻底明白这个道理的。每当我出门远行，离开平时熟悉和拥有的一切，我会真切感到自己最需要的东西，不过就是一个健康清醒的状态而已。甚至，以前觉得非有不可的书房也不那么重要了。每日每夜，我路过的城市、住过的旅舍、跨过的河流，没有什么是属于我的。然而，世界又是仁慈的，正是这些并不属于我们的人和物，构成了属于我们个人的情感和经验。所谓天命，说到底还是守护好自己的意义世界吧。

我有个朋友，曾经非常喜欢写东西，也写得很好。最近我们有机会在一起聊天，她说每次看完别人写的好小说，便免不了心生怯意。“我越来越不敢动笔。世界上那么多好小说，就像闪亮的珍珠，不缺我这一颗差的。”我说别人写的那些和你有什么关系？你不去写，就是你天命的盒子里，没有一颗属于你自己的珍珠。

三

我不想在此展开长篇大论，接下来说一些感谢的话。

感谢陈卓兄，他为本书的出版付出了辛勤的汗水。敬业，在这国家，仍是稀罕物。

感谢里尔克。在他的诗歌面前，我的长篇大论时常归于虚无。我恢复对诗歌写作的热情，很大程度上得益于他的《沉重的时刻》和《秋日》两首诗。前者让我看到了人的慈悲和无望，后者让我看到了生活中的超脱之美。

我相信，因为美努力活着的人，既会因为美彻底绝望，也会因为美终得解脱。

感谢我的同学小田，中学时我们曾经一起讨论诗歌，时光虽然短暂，却是终生难忘。感谢我的学生小烨，她差不多完整见证了这本书的从无到有，并提出了许多宝贵意见。我很庆幸有这样的读者和监工。作为“师父”，我更希望她能在文字方面找到自己的天命，并持之以恒。感谢小梅和小汉，两个从《未央歌》[①]里走出来的孩子，同样给了我许多温情与鼓励。毕业后他们先后回到南方，让我《未央歌》里的生活若有所缺。

感谢我的女儿，她的写作天赋给了我莫大安慰与信心。感谢我爱与爱我的人，感谢一生中所有热情和痛苦的过往。

最后，我还要感谢那个天上的我，无论遇到什么艰难困苦，是他让我坚强，让我明白欢乐要与人分享，痛苦却从来就是一个人的担当。当你渴望得到安慰的时候，也意味着你把自己放到最脆弱的地方——有些时候，这也算是对自己的雪上加霜与落井下石吧。感谢天上的我告诉地上的我要自己看得起自己——即使厄运来临，你唯一要考虑的也只是兵来将挡，水来土掩；谋事在人，成事在天。

①鹿桥完成于1945年的小说。《未央歌》以抗战时期的西南联大为背景，描写了伍宝笙、余孟勤、蔺燕梅、童孝贤等学生的大学生活。虽然身处乱世，学生们依然保留着纯朴的友情与爱情。

我是在飞机上写完这篇后记的。随身带了两本诗集，一是立人图书馆自编的诗歌读本，二是永修一中几个高中生编印的《青苇》。在这些文字里， 我重新感受到了久违的八十年代的气息。就在读它们的时候，飞机遇到了强大的气流，抖动剧烈。对于这些身外的动荡，我总是无动于衷，因为我的人生已经沉浸于另一种状态。万一遇到事情，我想我也会面带微笑地对自己说，我是在读一首诗的时候离开这个世界的。

亲爱的读者，我想说的是，虽然世界有许多不如意的事情，我仍在积极生活。而这一切，皆在于我的心里至今还装着年少时的那一粒天命的种子。也是这个原因，我宁愿相信，真正有希望的世界是这样的——

即使每况愈下，人心仍在向上走。

2014 年 10 月 29 日

完稿于南昌—天津飞机上

图书在版编目（CIP）数据

我是即将来到的日子 / 熊培云著 . -- 北京：新星出版社，2015.2

ISBN 978-7-5133-1704-7

Ⅰ. ①我… Ⅱ. ①熊… Ⅲ. ①随笔-作品集-中国-当代 Ⅳ. ①I267.1

中国版本图书馆 CIP 数据核字（2014）第 293726 号

我是即将来到的日子

熊培云　著

策　　划：陈　卓
责任编辑：周　凯
特约编辑：陈　卓
责任印制：韦　舰
封面设计：@broussaille 私制

出版发行：新星出版社
出 版 人：谢　刚
社　　址：北京市西城区车公庄大街丙3号楼　100044
网　　址：www.newstarpress.com
电　　话：010-88310888
传　　真：010-65270449
法律顾问：北京市大成律师事务所

读者服务：010-88310811　service@newstarpress.com
邮购地址：北京市西城区车公庄大街丙 3 号楼　100044

印　　刷：北京盛源印刷有限公司
开　　本：787mm × 1092mm　1/32
印　　张：9
字　　数：100千字
版　　次：2015年2月第一版　2015年2月第一次印刷
书　　号：ISBN 978-7-5133-1704-7
定　　价：42.00元